회귀로 영웅독전

회귀로 영웅독점 **11**

초판 1쇄 인쇄일 2021년 09월 13일 | **초판 1쇄 발행일** 2021년 09월 17일

지은이 칼텍스 | **펴낸이** 곽동현 | **담당편집 팀장** 이범수
편집부 정요한 최훈영 조혜진

펴낸곳 (주)조은세상 | 출판등록 제2002-23호
주소 서울특별시 동작구 동작대로1길 27 5층
TEL 02)587-2966 | FAX 02)587-2922
E-mail bukdu@comics21c.co.kr

ISBN 979-11-391-0151-5 | ISBN 979-11-6591-494-3(set)
값 8,000원

칼텍스 퓨전 판타지 장편소설
회귀로 영웅독점
11
북두
(주)좋은세상

칼텍스 퓨전판타지 장편소설

FUSION FANTASY STORY

CONTENTS

Chapter 74.

Chapter 74.

최지혁이 처음 이서하의 이름을 들은 것은 아들 최도원을 통해서였다.

"성무학관의 수석은 정말 대단했습니다. 아버지. 저희가 우물 안의 개구리였어요."

무과를 치르고 온 최도원은 몇 날 며칠을 이서하에 대해서만 말했다.

"그렇게 대단했느냐?"

"정말이었습니다. 저는 한 합도 겨루지 못한 괴한을 상대로 승리를 따낼 정도였습니다. 전 결코 따라잡을 수 없는 재능입니다."

"그 정도더냐?"

최지혁은 미소와 함께 흥분한 아들을 바라보며 고개를 끄덕여 주었다.

"그럼 너도 그 아이를 목표로 정진하면 되겠구나. 원래 목표란 한없이 위에 있어야 한다."

"그럴 겁니다. 차이를 줄여야죠! 청신의 이서하. 그분이 이 나라의 미래가 될 겁니다."

최지혁은 피식 웃으며 고개를 끄덕였다.

어지간히 감동하였나 보다.

그래도 좋은 신호다.

선망의 대상이 확실하다는 것은 성장에 큰 도움이 된다.

특히 그 대상이 동 나이 대라면 스스로의 약함을 변명할 여지도 없으니 말이다.

하지만 최지혁은 아들의 말에 허풍이 들어가 있다고 생각했다.

'도원이가 건드리지 못할 정도의 고수는 많지.'

무과를 볼 당시 최도원은 약했다.

무과에서 충격을 받고 1년 동안 지독하게 훈련한 지금도 겨우 절정 고수의 반열에 들어갈 정도밖에는 되지 않는 실력이었으니 말이다.

무과 당시의 최도원은 아무리 좋게 봐줘도 실력 좋은 중급 무사 정도일까?

한마디로 이서하가 상급 무사 수준의 실력만 보여 줬더라도 최도원의 눈에는 한없이 위에 있는 존재로 보였을 것이다.

그렇기에 큰 기대는 하지 않았다.

딱 천재라고 불릴 정도의 선인.

그 정도로만 생각했었다.

하지만…….

'내 생각이 틀렸구나.'

최지혁은 눈을 크게 뜨고 이서하와 거한의 전투를 살폈다.

거한의 강대한 기운과 이서하의 황금빛 기운이 맞물려 용오름을 만들었다.

"양기 폭주……."

말 그대로 수명을 태워 싸우는 방식.

일시적으로 경지를 올려 주는 금단의 기술이었다.

그러나 양기 폭주를 생각하더라도 이서하는 상상 이상의 기량을 가지고 있었다.

'도대체 어떤 수련을 하면…….'

화경(化境)의 강자와 싸우는 게 가능하단 말인가?

물론 밀리고 있다.

호각으로 싸우고 있는 듯 보이지만 주도권은 처음부터 끝까지 거한에게 있었으니 말이다.

그러나 저 나이에 화경의 고수를 상대로 수십 합을 버틴다는 것 자체가 굉장한 일이었다.

'도원이 말이 맞구나.'

저 아이가 이 나라의 미래다.

그렇게 멍하니 보고 있던 최지혁은 검을 잡고 일어났다.

'도와야 한다.'

이 나라의 미래를 죽게 놔둘 수는 없다는 생각이 들었다.

그렇게 최지혁이 앞으로 달려 나가려는 순간.

저 멀리서 두 사람이 달려오는 것이 보였고 그는 검을 내렸다.

'조금만 더…….'

신세대의 실력을 조금만 더 보고 싶은 최지혁이었다.

천광이 춤을 춘다.

우문태가 정말로 화경이었는지, 아니면 소문이 부풀려진 것인지 알 수 없었는데 이제는 확실해졌다.

우문태는 화경의 고수가 맞았을 것이다.

그리고 죽었다.

그 뜻은 무엇인가?

눈앞의 이 거한이 그보다 강하다는 거지.

'오랜만에 전력을 낼 상대는 맞는데…….'

전력을 내도 못 이긴다는 게 문제다.

망할 화경(化境)!

이제 고작 30대 중반으로 보이는 남자가 갈 수 있는 경지가 아니지 않나?

'내가 할 말은 아니지만 말이야.'

그 순간 언월도가 내 목을 스치고 지나갔다.

"후우. 후우."

지금까지는 어떻게든 받아치고 있었다.

극양신공을 극한까지 끌어올린 덕분인지 어떻게 속도는 맞춰 가고 있었으나 언월도 한 방 한 방에 전신의 기운이 빠져나가는 것만 같다.

'점점 빨라지네.'

내 움직임에 적응하고 있는 것이었다.

그에 반해 내 몸은 점점 둔해지고 있었다.

그래도 아직 희망은 있다.

'어차피 혼자서 이겨 낼 생각은 아니었다.'

나에게는 동료들이 있으니까.

"서하한테서 떨어져!"

거한이 언월도를 휘둘렀으나 아린이는 겁을 먹지 않고 팔을 들어 막았다.

귀혼갑(鬼魂鉀).

처음 아린이를 상대하는 사람은 놀랄 수밖에 없다.

호신강기를 두른 것도 아닌데 팔로 칼날을 막아 버리니 말이다.

그러나 아무리 귀혼갑을 입었다고 하더라도 화경의 고수가 휘두르는 언월도를 아무 충격 없이 버텨 낼 수는 없었다.

"크윽."

중심을 잃고 쓰러지는 아린이.

그러나 그녀는 쓰러지는 와중에도 땅을 짚고 돌려 찼다.

퍽! 하는 소리와 함께 거한이 목을 뒤로 젖혔다.

발차기는 빗나갔지만 아린이의 뒤에 숨어 접근한 상혁이가 공격을 이어 나갔다.

"우오오오오!"

천뢰쌍검(天雷雙劍), 뇌백조(雷百爪).

예상치 못한 공격이었음에도 거한은 상혁이의 초식을 침착하게 받아 내고 있었다.

그사이 아린이는 팔을 부여잡고 내 옆으로 다가와 말했다.

"괜찮아, 서하야?"

"나는 괜찮아. 너야말로 팔은 괜찮은 거야?"

살벌한 소리가 났었는데 말이다.

"부러지긴 했는데 괜찮아. 그보다 저 자식. 기습하라니까 실패하고 있어."

부러졌으면 안 괜찮은 거 아니야?

어쨌든 처음부터 아린이는 미끼였던 모양이다.

'이번에 뭐라도 해야 하는데.'

어렵게 주도권을 잡은 만큼 이번 기회에 어떻게든 유효타를 날려야 한다.

상혁이 또한 나와 같은 생각인지 바로 다음 초식을 이어갔다.

천뢰쌍검(天雷雙劍), 만뢰(萬雷).

상혁이는 천뢰쌍검의 장점을 살려 거한을 계속해서 몰아쳤다.

거기다 매일 만변무신공(萬變武身功)을 수련하더니 나도 처음 보는 움직임을 보여 주고 있다.

'만변무신공은 물과 같다.'

그 어떤 상황에서도 원하는 자세와 원하는 공격을 할 수 있도록 고안된 무공.

상혁이의 기상천외한 공격에 거한도 당황하는 것 같았으나 그것도 잠시였다.

언월도를 피하는 순간 거한의 주먹이 상혁이의 안면을 강타했다.

"커헉!"

상혁이는 내 앞까지 날아와 대자로 뻗었다.

"아, 씨! 피할 수 있었는데."

그 와중에 충격을 흘렸는지 멀쩡하게 일어나는 상혁이

었다.

"이제부터 셋이 합공한다. 안 그럼 이길 수 없어."

"어떻게 수련을 해도 해도 괴물이 나오냐?"

상혁이가 투덜거렸지만 나는 그에게 절망적인 사실을 알려 주었다.

"아무리 수련을 해도 할아버지를 이길 수 없는 것과 같은 이치지."

"……어떡하냐? 죽을 때까지 못 이길 거 같다는 생각이 들기 시작했어."

"잡담 그만!"

아린이의 호통에 상혁이가 억울하다는 듯 말했다.

"서하도 같이 떠들었거든?"

"네가 말 걸어서 그래."

"이거 애인 없는 사람 서러워서 살겠냐?"

"진짜 잡담 그만해라, 상혁아. 넌 왜 이렇게 말이 많냐?"

"우와, 이서하 너까지?"

상혁이의 억울한 얼굴을 보자 웃음이 나왔다.

덕분에 긴장감이 조금은 풀렸다.

그때 거한이 앞으로 걸어 나오며 말했다.

"나는 장용이다. 그쪽 이름은?"

상혁이는 인상을 찌푸리며 말했다.

"인제 와서? 그리고 전쟁터에서도 통성명을 하나?"

"아니, 안 하지."

아린이의 말대로다.

보통 전쟁터에서는 검부터 맞대고 본다.

통성명할 시간이 없기도 하지만 그 사이에 적을 하나라도 더 줄이는 게 살아남는 길이었으니 말이다.

하지만 전쟁터가 아닌 일대일 혹은 어떤 식으로 대결을 펼친다면 서로 통성명을 나누는 것이 불문율이었다.

적어도 자기가 죽인 자가 누구인지, 또 자신을 죽일 사람이 누구인지는 알아야 할 테니 말이다.

난 친구들 대신 먼저 대답해 주었다.

"광명대장 이서하다."

"이서하. 나머지 둘은?"

"광명대원 한상혁."

"유아린이다."

장용은 고개를 끄덕였다.

"그래, 그 나이에 그 경지라면 너희 왕국에서도 꽤 주목하는 신예들이겠지. 이 또한 하늘이 나를 위해 준비해 준 발판이로구나."

장용이 살기를 띠며 앞으로 걸어 나온다.

나는 친구들에게 말했다.

"조심해라. 실수하면 훅 간다."

"알아."

그렇게 2차전을 시작하려고 할 때였다.

뿌우우우! 하는 소리와 함께 뿔피리가 울려 퍼지고 반란군 측에서 북을 치기 시작했다.

퇴각 신호.

장용은 슬쩍 뒤를 돌아본 뒤 한숨과 함께 말했다.

"오늘은 너희를 죽일 날이 아닌가 보군."

그리고는 뒤도 돌아보지 않고 날아갔다.

나는 뒤쫓으려는 아린이를 팔로 막으며 말했다.

"쫓지 말자."

솔직히 쫄았다.

옆에서 상혁이도 크게 한숨을 내쉬고는 검을 집어넣었다.

"저 미친 거 아니야? 무슨 벽에 대고 두드리는 것도 아니고."

솔직히 셋 다 멀쩡하게 저놈을 이길 자신이 없었다.

가진 모든 역량을 쏟아부으면 이기긴 이기겠지.

하지만 상혁이나 아린이가 죽으면?

혹시나 아린이가 이성을 잃고 폭주하면?

그 순간 나의 패배나 다름없다.

'더 확실하게 이길 때까지 쫓으면 안 된다.'

그때였다.

저 멀리서 한 여자가 헐레벌떡 뛰어와 착지했다.

"야! 너!"

서아라였다.

"내가 이럴 줄 알았어. 너 나한테 딱 붙어 있으라고 했잖아! 이런 노땅 따라가더니 어떻게 됐어? 뒤질 뻔했지? 진짜 뒤지고 싶은 게 아니면 이제부터 딱 달라붙어 있어라."

"……."

어느새 내 옆으로 온 최 가주님은 막말하는 서아라를 힐끗 보았다.

저 여자 저렇게 막말하고 다니더니 실수할 줄 알았다.

"어머 듣고 계셨네요? 틀린 말은 아니잖아요. 호호호."

"그래, 틀린 말은 아니지."

최 가주님은 미소를 지으며 말했다.

"빚을 졌구나. 언젠가 이 은혜를 갚으마."

그리고는 크게 외쳤다.

"재정비한 후 바로 적을 쫓는다. 서둘러라!"

그렇게 첫 번째 요령성 전투는 끝이 났다.

◆ ◈ ◆

장용은 굳은 얼굴로 소자현이 있는 본진으로 귀환했다.

"형님께서 후퇴를 명하셨습니까?"

"그래, 위태로워 보여서 말이야."

"전혀 그렇지 않았습니다."

장용의 말에 소자현은 미소를 지었다.

"우리 막내가 말이다."

"막내?"

장용은 고개를 돌렸다.

한 남자가 의자에 앉아 상처를 치료받고 있었다.

세 명의 의형제 중의 막내.

양전이었다.

작고 날렵한 체구를 가진 그는 암기를 잘 다루며 소태도를 주 무기로 쓰는 초절정의 고수였다.

그는 얕게 베인 옆구리를 들춰 보이며 말했다.

"여, 형님. 미안하게 됐소이다. 내가 져 버렸어."

"졌다고? 총대장은 내가 맡았을 텐데?"

"아니, 아니. 그 왕국에서 온 놈한테 졌어."

이건하한테 진 것이었다.

"너를 이길 만한 고수가 있었다고?"

"그냥 있기만 했겠어? 한 년은 형님을 향해서 달려가던데?"

장용이 생각에 잠겨 있자 소자현이 말했다.

"고수가 많아. 물론 장용 네 상대는 안 되겠지만 전면전으로는 불리하다는 말이지. 그 세 젊은 무사도 있고 말이야."

소자현은 이서하를 떠올렸다.

장용을 상대로 수십 합을 겨룬 젊은 무사.

실력도 실력이지만 그 무사의 몸에서 피어 나오던 황금빛 양기가 더 마음에 걸렸다.

'보통 놈은 아니었지.'

예상외로 왕국에서 엄청난 무사들을 지원해 주었다.

'양기 폭주라……. 문제가 되겠어.'

소자현이 표정을 굳히고 있자 장용이 물었다.

"그래서 어떻게 하실 생각입니까? 설마 싸우지 않고 시간만 죽이자는 건 아니겠죠."

"아니지. 내가 그럴 리가. 네가 활약할 수 있게 해 줄 테니까 걱정하지 마. 그저 우리가 원하는 판에서 놀자는 거니까."

"우리가 원하는 판 말입니까?"

소자현은 미소를 지었다.

"지킬 게 많으면 피곤한 법이지."

이윽고 관문에 도착한 소자현은 저 멀리 지평선까지 늘어선 피난민들을 가리키며 말했다.

"자, 요령성주한테 선물을 보내 볼까?"

6개의 도시에서 긁어모은 피난민.

"좋아해 줬으면 좋겠네."

이들이 요령성주를 죽일 독이 될 것이었다.

첫 번째 전투 후 왕국군과 요령성의 군대는 관문 앞까지 도착해 진을 치기 시작했다.

관문에 틀어박힌 적들은 아무런 움직임을 보이지 않았다.

'관문에 박혀 농성할 생각인가?'

회귀 전과는 달리 왕국군의 지원이 왔으니 이상한 상황도 아니었다.

그리고 그렇게 진이 완성될 때쯤 누군가 나에게 다가오며 말했다.

"선인님. 서찰이 왔습니다."

서찰? 이 전쟁 통에 나한테 서찰을 보낼 사람이 있던가?

의아한 얼굴로 받아 든 나는 보낸 사람을 확인하고 미소 지었다.

내가 들어 놓은 보험에 관한 서찰이었다.

난 서찰을 가져온 무사에게 말했다.

"수고했다."

무사는 고개를 숙이고는 사라졌고 나는 바로 아린이에게로 향했다.

"팔은 좀 괜찮아?"

"다 붙은 거 같아. 그래도 다행이야. 이런 신체라서."

아린이는 미소를 지었다.

하지만 그녀의 농담에 난 웃을 수 없었다.

'이번 폭주로 머리카락 색이 더 많이 변했다.'

힘을 사용할수록 그 힘을 조절하는 것이 힘들어지고 있는 것이었다.

"너무 힘들면 말해. 전처럼 내가 기를 받아 줄 수 있으니까."

"괜찮아. 그 정도까지는 아니야."

하긴, 이제 내가 받아서 어떻게 해 줄 수 있는 양이 아니었다.

전처럼 기를 주고받으며 균형을 맞추려면 같이 손을 잡고 이틀은 꼬박 지새워야 할 것이다.

이런 전쟁 통에는 쉽지 않은 일이다.

"그래, 몸 관리 잘하고. 난 부상자들 좀 보고 올게."

"응. 걱정하지 말고 다녀와."

그렇게 치료소로 향하던 나에게 최도원이 다가왔다.

"선인님!"

최도원은 붕대가 가득 든 상자를 들고 있었다.

"최도원? 네가 여기 있을 줄은 몰랐는데. 너도 의술을 배운 거야?"

"아뇨, 아뇨. 응급 처치 정도밖에는 못 합니다. 그냥 일 좀 도와주려고요."

"좋은 일 하고 있네. 그래, 좀 부탁한다. 손이 부족할 테니까."

최도원이 여기 있다니 의외였다.

많은 대가문의 자제들은 징그럽고 더럽다며 부상자들을 돌보지 않았다.

물론 대외적으로는 작전 회의가 바쁘다는 둥 핑계를 댔지만 말이다.
'참, 괜찮은 놈이네.'
무과 때도 오만하긴 해도 자기 사람은 잘 챙겼는데, 보면 볼수록 더 괜찮다.
'그나저나…….'
아무리 봐도 전쟁귀는 아닌데.
그렇게 생각할 때였다.
"도원아. 우리 붕대 더 없어? 아가씨가…… 어!"
한 여자가 나를 발견하고는 외쳤다.
"이서하! 나 기억해? 나도 같이 무과를 치렀던……."
"정시은! 이서하가 뭐야? 선인님이잖아."
"그래도 동갑인데."
"쓰읍! 계급 따져야지."
그러자 뒤를 따라온 남자가 고개를 숙이며 말했다.
"오랜만입니다, 선인님. 전 임윤호라고 합니다. 일전에 같이 무과를 봤던."
임윤호와 정시은.
회귀 전에는 최도원의 오른팔과 왼팔로 활약하던 인물들이었다.
바늘 가는 데 실도 간다고.
저 둘도 여기 있었구나.
"둘 다 기억해. 그리고 이 친구 말은 듣지 말고 편하게 말해도 돼. 내 친구들은 부하면서도 반말하거든."

"그럴까?"

"야, 정시은!"

"체엣!"

최도원이 노려보자 정시은은 입을 삐죽 내밀며 시선을 돌렸다.

"어쨌든 아가씨가 붕대 좀 더 가져다 달라고 해. 찾아 줘."

"안 그래도 찾아서 가져가는 중이었어."

아가씨?

내가 쳐다보자 최도원이 말했다.

"성에서는 못 보셨죠? 여옥비 아가씨가 와 계십니다. 성주님 따님."

"아, 성주님 딸."

구원 요청을 했다는 그 아가씨다.

"아가씨도 선인님을 보고 싶어 합니다. 같이 가시겠습니까?"

"안 그래도 같이 가려고 했어. 난 환자 치료하러 온 거야."

"아! 약선님의 제자셨죠?"

부상자들을 치료하러 왔으니 겸사겸사 소개도 받으면 된다.

그렇게 들어간 치료소 천막에서는 사람들이 바삐 움직이고 있었다.

"빨리! 빨리 지혈해야 합니다! 어서요!"

진두지휘를 하는 것이 바로 여옥비였다.

하나로 단아하게 묶은 머리. 동글동글한 인상에 보호 심리를 자극하는 작은 체구.

나름 의술에도 일가견이 있어 보였고, 누가 토를 하든 피를 뿜든 최선을 다하는 모습이 인상적이었다.

최도원은 그런 그녀를 멍하니 바라보고 있었다.

인제 보니 최도원이 여기 있던 이유가 있었구먼.

"저게 여옥비 아가씨야?"

"네, 그렇습니다. 성주의 여식으로서 가만히 있을 수 없다고 의원으로 지원하셨습니다."

"좀 배우긴 한 거 같네."

그러나 약선님의 제자인 내가 봤을 때는 어설프기 그지없었다.

'전쟁터를 경험해 본 적이 없나 보네.'

때마침 최도원은 나를 데리고 가서 여옥비에게 말했다.

"아가씨. 붕대입니다. 그리고 이쪽은 이서하 선인님입니다."

"아, 안녕하세요, 선인님. 죄송합니다. 지금 제가 바빠서 인사도 제대로 못 하고."

"괜찮습니다. 저도 일을 도와주러 온 거거든요."

"선인님이요?"

"이 선인님은 저희 왕국 최고의 의원이신 약선님의 제자입니다.”

“아!”

여옥비는 내 손을 부여잡고 말했다.

“부디 도와주세요. 중상을 입은 사람들이 많습니다.”

“네, 그래 보이네요.”

나는 씁쓸하게 말했다.

“그럼 제가 지시하는 대로 움직여 주시겠어요?”

“지시하는 대로요?”

나는 여옥비의 손을 잡아끈 뒤 말했다.

“지금 치료하는 분. 이미 죽은 겁니다. 더 살아도 한 식경 정도가 한계겠죠.”

“네? 그게 무슨…….”

“반대로 저기 팔 잘리신 분 보이죠? 빠르게 소독하고 상처를 봉하면 살 수 있을 겁니다. 확실하게요.”

전쟁터에 처음 나온 의원들이 가장 많이 하는 실수.

그것은 바로 죽을 사람에게 힘을 쓰는 것이다.

나 또한 회귀 전의 경험이 없었다면 은악에서 같은 실수를 범했겠지.

여옥비는 당황한 듯 나를 올려 보았지만 나는 무표정하게 말했다.

“지금 치료하던 분에게서 손 떼고 살 수 있는 사람만 살리세요. 전쟁터에서는 그렇게 하는 겁니다.”

"그럴 수는 없습니다! 환자를 포기할 수는 없어요!"

"전쟁터에서 소생 불가능한 환자에 매달리는 것은……."

나는 허리춤에 찬 침을 꺼냈다.

"다른 환자를 포기하는 것과 마찬가지입니다."

아무래도 긴 밤이 될 것만 같다.

◆ ◈ ◆

치료소에서의 전쟁 같았던 일이 끝나고 난 잠시 밖으로 나와 휴식을 취했다.

잡부로 일하던 최도원은 바로 따라 나와 나에게 음료를 건넸다.

"피곤하시죠?"

"그래도 하루 만에 급한 환자들은 다 봤잖아."

밤이 깊어지고 횃불만이 주변을 밝히고 있었다.

난 지친 얼굴로 앉아 있는 여옥비를 슬쩍 본 뒤 말했다.

"너 재 좋아하냐?"

"아닙니다! 정말 아닙니다! 왜 그런 생각을 하시고 그러시고 그러실까? 참."

흥분해서 말이 꼬이는 최도원이었다.

그냥 좋아한다고 고백하지 그러냐? 정곡 찔린 어린애처럼 흥분하니까 뭐라고 놀리기도 그렇잖아.

나는 음료를 홀짝이며 말을 이었다.

“그랬구나. 하긴, 우리 나이에 좋아하는 여자 하나 없는 게 이상하지. 그 시은이라는 친구도 괜찮던데. 어려운 사랑을 하는구나.”

“진짜 아니라니까요. 그리고 시은이는 5살 때부터 봐서 감흥도 없습니다.”

“배부른 소리 한다. 하긴 뭐. 사랑은 국경도 없으니까. 잘 해 봐라.”

“진짜 아닌데…….”

난 민망하게 시선을 피하는 최도원을 바라보다 웃었다.

좋을 때다.

동갑이지만.

“무사들 모아!”

그때였다.

조용하던 진지가 갑자기 소란스러워지기 시작했고 나에게도 한 무사가 달려와 말했다.

“이서하 선인님. 긴급회의입니다.”

“기습이라도 온 건가?”

“아뇨, 그게 아니라…….”

무사는 숨을 고른 뒤 말했다.

“피난민들입니다.”

피난민들이라는 말에 내 심장이 떨어졌다.

'올 게 왔구나.'

이번에도 회귀 전과 같은 방식으로 나온 것이다.

나는 작은 한숨과 함께 자리에서 일어났다.

"개새끼들."

보험을 들어 놓길 잘했다.

"가자. 최도원."

난장판이 되었을 회의실로 말이다.

회귀 전.

이번처럼 대대적인 지원을 받지 못한 최지혁 가주님은 심수시에서 농성하며 다른 성주들의 지원을 기다렸다.

수성에는 이골이 난 계명의 무사들이었기에 꽤 오랫동안 버틸 수 있었다.

그리고 그때 반란군이 진을 멀찌감치 철수한 뒤 피난민을 푼 것이었다.

학살과 학대를 견디지 못한 여섯 도시의 피난민들.

'요령성주님과 가주님은 이들을 받았다.'

그러나 다른 성주들의 지원은 없었고 왕국의 지원 또한 기대하기 힘들었다.

마지막 작전으로 최지혁 가주님과 요령성주는 피난민들을

데리고 계명으로 도망치기로 정한다.

그리고 그 과정에서 기습을 당해 모두가 죽었다.

그것이 요령성 전투의 끝.

최 가주님이 전사한 이유였다.

'이번에도 같은 작전.'

회귀 전이나 지금이나 적은 같은 놈들이니 어찌 보면 당연한 일이다.

그런 생각을 하며 멀리서 바라본 관문은 마치 토사물을 뱉듯이 피난민들을 토해 내고 있었다.

피난민들을 한 번에 준비시킨 뒤 내보내고 있는 것이 분명했다.

'혹시라도 공격하지 못하도록 말이야.'

전쟁이란 이런 것이다.

깨끗하고 정정당당한 전쟁 따위 이 세상에는 존재하지 않으니 말이다.

그렇게 도착한 회의실.

이미 회의는 어느 정도 진행된 상태였다.

"일단 다 받아들이는 척 도시로 데리고 가다 적당한 곳에서 묻어 버리시죠."

이건하의 발언이었다.

당연하게도 요령성주 여자신과 최 가주님은 크게 반발했다.

"그걸 농담이라고 하는 겁니까? 이건하 장군."

"농담이 아닙니다."

이건하는 혀를 차며 말했다.

"얼핏 보아도 수십만 명입니다. 어린아이나 노인들도 많죠. 어차피 요령성은 인구도 많지 않습니까? 이 정도를 죽인다고 지역 생산력에 큰 타격은 없을 겁니다. 노닥거릴 시간 없으니 바로 시작하시죠."

그러자 여자신은 단호히 거부했다.

"그럴 수 없습니다. 만약 그렇게 하면 요령성에 평화는 없을 것입니다. 요령성을 무법천지로 만들 생각이십니까?"

여자신의 말대로다.

지금이야 반란군이 미친놈들이라 사람들이 정상적인 요령성주에게 기대는 것이다.

그런데 만약 요령성주도 같은 미친놈이라면?

아주 사방에서 날뛰겠지.

하나의 반란군이 아니라 수십, 수백의 반란군과 싸워야 할 것이다.

결국 요령성 전체가 파멸될 것이다.

하지만 이건하는 받아들이지 않았다.

"그건 전투에서 이기고 나서 걱정할 일입니다. 전투에 지면 어차피 다 끝 아닙니까?"

"전투에서 지더라도 할 수 없는 일이 있는 것입니다."

"그래요? 그럼 알겠습니다. 성주님 뜻이 정 그렇다면 왕국군은 돌아가죠. 알아서 하십시오."

"이건하 총대장. 다시 생각해 보게."

이건하의 통보에 최 가주님이 그를 말리기 위해 나섰으나 이건하는 단호했다.

"우린 타지에서 목숨 걸고 싸우고 있는 겁니다. 지는 전쟁은 하지 않습니다."

이건하의 말에 모두가 침묵했다.

이건하는 지도를 접으며 말했다.

"왕국군이 철수하면 어차피 다 죽을 겁니다. 어쩌시겠습니까? 제 말대로 하시겠습니까? 아니면 그냥 다 같이 하하 호호 좋은 사람인 척하다가 죽을 겁니까?"

요령성주가 아무 말도 못 하고 있자 최 가주님이 말했다.

"그럼 다른 성주들에게 지원 요청을 하는 건 어떻습니까? 분명 응해 줄 것입니다. 그때까지만 버티면……."

회귀 전에도 생각했던 방법이다.

하지만 이건하는 그런 말에 넘어갈 인간이 아니다.

"그런 불확실한 방법에 목숨을 걸 수는 없습니다."

슬슬 내가 나서야겠다.

"확실한 방법이 있으면 안 돌아가실 겁니까?"

모두가 나를 돌아보았고 요령성주님은 흥분해 내 어깨를 잡았다.

"방법이, 방법이 있습니까?"

나는 이건하에게 말했다.

“다시 묻죠, 형님. 보급 문제만 해결되면 계속 싸워 주시겠습니까?”

이건하 또한 이 전투에서 공을 세워야 하는 상황이었으니 될 수 있다면 후퇴하고 싶지 않을 것이다.

“안 싸울 이유는 없지.”

이건하는 팔짱을 꼈다.

그래, 저런 면은 좋다.

공과 사가 아주 확실하잖아.

확답을 들은 나는 서찰을 내밀었다.

“그럼 이것을 읽어 보시죠.”

내용을 살필수록 이건하의 표정은 굳어져 갔고 이내 나를 올려 보았다.

오늘 받은 보험 편지.

그것은 바로 내 보급 담당인 이정문이 보낸 것이었다.

-첫 보급 시기는 편지 도착 후 3일 뒤. 총 30만 명이 한 달을 먹을 수 있는 분량이 일주일 간격으로 세 차례에 걸쳐 전달될 것입니다. 호위대는 보급과 함께 잔도를 지날 수 없으니 안전을 위해 요령성 초입으로 마중 나와 주시길 바랍니다.

반농담으로 10만 명분을 이야기했는데 30만 명분을 준비해 보낼 줄이야.

역시 모래에서도 물을 짜낸다는 이정문이었다.

나는 서찰의 내용을 모두가 알 수 있도록 큰 소리로 말했다.

"일주일 간격으로 10만 명분 보급이 3번. 총 30만 명이 한 달간 먹을 수 있는 양이 올 겁니다. 이 정도면 충분하겠죠?"

한참을 고민하던 이건하는 입맛을 다시며 말했다.

"……충분하군."

이건하의 말에 나는 미소를 지었다.

"이왕 온 거 이기고 가시죠. 형님."

물론 일등 공신은 내가 될 테지만 말이다.

피난민들은 모두 급조한 난민촌으로 몰아넣었다.

이들 사이에 세작이나 반란군의 고수가 숨어 있을지도 모르기 때문에 아무리 사람 좋은 요령성주라고 하더라도 조심스러울 수밖에 없었다.

그렇게 피난민 관리는 요령성주의 딸인 여옥비가 맡았고 군의 관문 전투는 계속되었다.

"공격을 늦추면 적들이 보급이 왔다는 것을 눈치챌 수도 있습니다."

이건하의 말이었다.

나는 그의 의견에 동의했다.

"맞습니다. 공격은 계속해야죠."

우리에게 미래가 없다고 생각하게끔 말이다.

'연기력 진짜 굉장하네.'

사실 전투에 참여한 무사들은 연기를 하는 것이 아니었다.

보급이 오고 있다는 것은 지휘관들만 아는 극비였으니 말이다.

식량이 부족하다는 것을 아는 제국군은 자신들의 가족을 지키기 위해 목숨을 걸고 싸우고 있었고 이건하는 이를 잘 이용했다.

그렇게 이틀 동안 소모전을 벌이고 보급이 도착하는 날이 다가왔다.

"보급의 호위는 소수 정예로 뽑겠습니다."

너무 많은 병력이 빠지면 반란군 쪽에서도 눈치를 챌 수 있으니 말이다.

"보급을 호위할 사람은……."

"제가 가겠습니다. 형님."

나의 말에 이건하는 고개를 끄덕였다.

"그래, 너는 가야지."

어찌 보면 이번 보급 담당자는 나이니 말이다.

"그럼 나도 갈 거야."

이건하는 서아라를 힐끗 바라보고는 혀를 차며 말했다.

"……그래. 너도 가라. 그럼 백인대를 하나 붙여 주지. 서아라가 호위대장으로, 광명대가 보조하는 쪽으로 처리해라."

"네."

그렇게 모든 것이 순조롭게 흘러갈 때였다.

"이건하 장군님!"

한 무사가 회의실 안으로 뛰어 들어오며 말했다.

"반란군에서 사자(使者)를 보내왔습니다."

"사자?"

"이쪽입니다."

무사를 따라 나가자 한 남자가 백기를 들고 서 있는 것이 보였다.

그는 이건하에게 포권을 취하며 인사를 한 뒤 말했다.

"해방군의 소자현 대장님의 서한을 가지고 왔습니다."

"가져오너라."

이건하는 소자현의 서한을 받아 펼쳐 보았고 나는 뒤에서 몰래 그것을 읽어 보았다.

-협상을 원한다. 시간은 내일 미시(오후 1시) 초. 관문과 진 사이에서 만나자. 협상 인원은 협상 주체가 되는 요령성주

포함 최대 10명으로 제한한다.

짧은 서한을 읽어 본 이건하는 잠시 생각하더니 말했다.

"협상이라……."

"그렇습니다. 소자현 대장님은 이런 의미 없는 소모전을 이어 갈 필요가 없다고 생각하십니다."

사자는 왕국군의 상태를 돌아보며 말했다.

"우리는 마지막 한 사람이 죽을 때까지 결코 물러날 생각이 없습니다. 공성전이 계속될 경우 그쪽의 무사들도 많이 죽겠죠. 왕국군이 굳이 그럴 필요가 있겠습니까?"

"……그렇긴 하지."

이건하의 말에 모두가 그를 돌아봤다.

"좋아. 무슨 소리를 하는지는 들어 볼 가치가 있겠군. 그렇다면 이쪽에서도 제안을 하나 하지."

"제안이라면?"

"그쪽에 장용이라는 무사가 있다고 들었다."

장용에 대한 것은 최지혁 가주님이 말을 했다.

화경의 고수이자 지금까지 확인된 반란군 최대의 전력.

"네, 그렇습니다."

"그는 협상에 나올 수 없다. 너무 강한 고수가 나오면 협상이 아니라 칼부림이 날 수도 있으니까."

"좋습니다."

사자는 고개를 끄덕였고 순간 이건하는 표정을 굳혔다.

"그럼 그렇게 전하겠습니다."

사자가 떠나고 이건하는 고개를 돌렸다. 그러자 여자신이 긴장한 목소리로 말했다.

"서, 설마 협상하고 떠나실 것은 아니시지요?"

여자신의 걱정스러운 말에 이건하는 고개를 흔들었다.

"애초에 협상 따윈 할 생각도 없습니다. 단순 양동이죠."

협상에 응한다는 것 자체가 이쪽 또한 힘들다는 것을 적에게 넌지시 알리는 행위였다.

그렇기에 이건하는 받아들인 것이었다.

"무슨 이야기를 하는지 들으면 적의 상황도 어느 정도는 유추 가능합니다."

만약 협상 조건이 요령성주 쪽에 유리하다면 반란군의 상황이 그리 좋지 않다는 뜻이 된다.

"그리고 협상 중에는 적 또한 움직이지 못할 겁니다."

협상에는 양측의 최고 지휘관들이 전부 참석한다.

즉, 내가 보급품을 도시로 안전하게 가져갈 수 있는 판이 깔린다는 것이다.

모두가 고개를 끄덕일 때 최 가주님이 말했다.

"협상 중에 이상한 짓은 안 하겠지?"

"뭔가를 꾸미고 있어도 상관없습니다."

이건하는 대수롭지 않게 말을 이었다.

"그때는 소자현이라는 놈을 죽여 버리면 되니까요."

어차피 서로서로 인질로 잡는 건 똑같다.

장용이 나오지 않는 이상 절대로 밀릴 일은 없을 것이었다.

"그럼 내일을 준비해 봅시다."

결전의 날이 다가오고 있었다.

◆ ◈ ◆

다음 날 새벽.

나는 서아라와 친구들, 그리고 철혈대에서 엄선해 뽑은 100명의 무사들과 함께 계명에서 들어오는 산지 초입으로 향했다.

심수시로 왔던 길을 그대로 돌아가기만 하면 되니 헤맬 것도 없었다.

그렇게 도착한 산 초입에는 안개가 자욱하게 앉아 있었다.

서아라는 안개 사이를 바라보다 말했다.

"이래서 계명은 별로야. 항상 이렇다니까. 우리가 왔을 때가 운이 좋았지."

"계명에 와 보신 적이 있습니까?"

"예전에 임무하러 잠깐. 나도 참 오지 많이 굴렀어. 어렸을 때는 뒷배가 약했거든."

해남 서씨 아니었나?

분명 기록에는 그렇게 적혀 있었는데 말이다.

뭐, 가문 안에서도 지원을 받는 사람과 못 받는 사람이 나뉘니 이해가 안 가는 것은 아니다.

회귀 전의 나도 같은 경우였으니 말이다.

"그나저나 보급은 언제 도착해?"

"오늘 도착한다고 편지에는 적혀 있었는데…… 아, 저기 오네요."

이윽고 마차 한 대가 안개 속에서 모습을 드러냈다.

나는 며칠 전 편지를 가져다 준 무사를 발견하고는 손을 흔들었다.

"여기입니다."

"이 선인님. 제때 맞춰 나와 주셨네요."

"당연하죠. 맘 같아서는 어제부터 기다리고 싶었습니다."

소중한 식량이 들어 있으니 말이다.

"뒤따라오는 수레도 문제없이 오고 있습니다. 몇 시진은 걸릴 것입니다. 편하게 기다리시죠."

무사의 말대로 아직 한참을 기다려야 할 것이다.

잔도는 사람 세 명이 겨우 설 수 있을 정도의 크기밖에 되지 않았기에 일렬로 늘어서서 올 수밖에 없었다.

자그마치 10만 명분이다.

거기에 무기, 갑옷, 약제나 붕대로 쓸 헝겊 같은 물건들까지 옮기려면 수백 대의 수레가 필요하다.

무사는 미소를 지으며 말했다.

"갑자기 안개가 껴서 혼났습니다. 한 대도 굴러떨어지지 않은 게 신기할 정도죠."

그렇게 무사의 푸념을 들어 줄 때 옆에 있던 아린이가 고개를 돌렸다.

"서하야. 우리한테 지원 병력이 있었나?"

"아니. 그런 거……!"

보급 담당을 만나 긴장이 풀린 탓이었을까?

아린이의 말에 순간 내 육감의 범위가 매우 좁아져 있다는 것을 깨달았다.

나는 바로 정신을 집중해 육감의 범위를 최대한으로 올렸다.

아니, 범위를 최대로 늘릴 필요도 없었다.

이미 적은 가까이에 와 있었으니 말이다.

"아이씨."

눈치를 챈 것일까?

나는 바로 자리에서 일어나며 외쳤다.

"모두 위치 잡아! 적이다!"

이윽고 나의 외침과 함께 거구의 남자가 안개 속에서 튀어나왔다.

장용.

반란군 최대의 전력이었다.

"찾았다!"

장용의 언월도가 내 머리를 향해 떨어지고 나는 옆에서 얘기하던 무사를 밀어낸 뒤 바닥을 굴러 피했다.

전보다 안개가 자욱해져 시야가 제대로 확보되지 않았으나 소리로 주변의 상황을 알 수 있었다.

'상황이 좋지 않다.'

애초에 100명으로만 호위대를 조직한 이유는 은밀히 보급을 확보하기 위함이었다.

반란군이 눈치채지 못한다면 안전하게 보급을 확보함과 동시에 적에게 혼란을 줄 수 있다는 장점이 있었으니까 말이다.

그에 반해 걸린다면 그만큼 취약해지는 단점도 있었다.

모 아니면 도.

그리고 도가 나와 버렸다.

"한상혁! 주지율! 모두 자리를 유지하면서 보급을 지켜!"

"알았어!"

안개 속에서 상혁이의 목소리가 들려왔다.

그나마 다행이라면 장용이 나에게 붙었다는 것이다.

'이 녀석이 작정하고 수레만 부수거나 태웠다면 막을 길이 없었을 것이다.'

화경의 고수.

상혁이와 아린이, 그리고 나까지 모두 달려들어도 이길 수 있을지 장담할 수 없는 고수다.

보급을 안전하게 지키기 위해서는 어떻게든 그를 막아야

만 하는 상황.

하지만 어떻게 화경의 고수가 날뛰는 걸 막을 수 있을까?

그때 내 머릿속에 한 가지 생각이 스쳐 지나갔다.

'내 목소리를 듣자마자 나에게 달려들었어. 그렇다면…….'

나를 노리고 있다고 생각할 수 있다.

'도박수를 던져야 한다.'

나는 바로 등을 돌린 뒤 도망치기 시작했다.

만약 장용이 나를 따라온다면 적의 최대 전력을 전장에서 이탈시킬 수 있게 되는 것이다.

그 이후에는?

'몰라. 어떻게든 되겠지.'

일단은 보급이 중요하다.

이윽고 내 뒤를 따라오는 장용이 느껴졌다.

이걸 좋아해야 해? 말아야 해?

어쨌든 장용은 나를 죽이고 싶어 안달이 난 상황이니 이를 확실하게 이용해야만 했다.

'이쯤이면 되나?'

적당히 멀어진 나는 발을 멈추고 장용을 돌아봤다.

장용은 미소와 함께 말했다.

"도망은 다 친 거냐?"

"도망이라니. 이럴 땐 유인이라고 하는 거야. 넌 그 유인에 걸려든 멍청한 멧돼지고."

일단 허세부터 부리자.

사실 내 말이 맞지 않는가?

반란군 무사들에게는 광기만 있지 실력은 없었다.

아무리 100명밖에 안 되더라도 우리에게는 스승님이 훈련시킨 철혈대의 정예가 함께하고 있었으니 장용만 없다면 보급을 지킬 수 있다.

거기다 상혁이나 아린이, 그리고 서아라 선인님 같은 고수들도 많았으니 말이다.

그러자 장용이 웃었다.

"내가 멍청하다고? 내 임무는 너희들의 보급을 끊는 게 아니야."

보급을 끊는 게 아니라고?

도대체 무슨 헛소리인가?

전쟁에서 보급을 끊는 것보다 더 확실하고 쉬운 승리 방법이 어디 있다고?

저 자식도 허세가 있나 보다.

"그럼 네 임무가 뭔데?"

난 일단 장단에 맞추어 주었다.

싸움을 늦게 시작할수록 더 오래 버틸 수 있을 테니까.

그러다 보면 지원도 오겠지.

암! 설마 여기서 죽겠어?

장용은 내 질문에 미소를 짓고는 말했다.

"널 죽이는 것."

"……너 스스로 정한 임무가 그거야?"

"아니."

장용은 하늘을 가리켰다.

"검은 하늘이 너를 죽이라고 말한다."

뭐래? 저 미친놈.

어쨌든 대화는 여기까지인 것만 같았다.

나는 극양신공을 끌어올렸다.

다로(多路)를 수련한 결과 극양신공의 최대치를 찍는 데 걸리는 시간이 절반 이상으로 줄었다.

'제대로 싸워 보자.'

그렇게 극양신공을 끝까지 끌어올리는 순간.

장용은 이미 내 눈앞에 있었다.

찰나의 순간.

고작, 그 사이를 비집고 단숨에 거리를 좁힌 것이었다.

'이런…….'

나는 재빨리 천광을 들어 장용의 공격을 막았다.

기가 부딪혀 폭발하는 소리와 함께 내 몸이 뒤로 밀려났다.

전장에서 봤던 그때보다도 더 강해졌다.

느낌 탓이 아니었다.

속도, 근력, 내공 뭐 하나 며칠 전과는 비교도 되지 않을 정도였다.

도대체 무슨 일이 일어난 것인가?

이렇게 단기간에 실력이 오를 수는 없…….

촤악!

그 순간 내 가슴을 장용의 언월도가 스치고 지나갔고 내 양기와 장용의 언월도에서 뿜어져 나온 음기가 섞이는 것이 보였다.

'뭐?'

음기 폭주?

아니, 인간은 인위적으로 양기 폭주는 사용할 수 있어도 음기 폭주는 사용할 수 없다.

보통 음기 폭주는 영약을 잘못 먹거나 혹은 잘못된 수련을 하다 폭주하는 것이 대부분.

또한 이들은 제정신을 유지하지도 못한다.

그렇다면 장용은…….

'망할!'

다행히 치명상은 아니었지만 실력의 차이는 현격했다.

그나마 극양신공으로 차이를 좁혔는데 상대도 음기 폭주로 달아났으니 말이다.

'이건 상상도 못 했는데.'

어떡하지? 어떡하지?

나에게 남은 수가 뭐가 있을까?

'동귀어진(同歸於盡).'

목숨을 건 공격을 날려 장용과 공멸하는 것이다.

'적오의 심장을 믿자.'

그 회복력을 믿는 것이다.

저번에도 살려 줬으니 이번에도 한 번은 살려 주겠지.

그렇게 장용을 향해 초식을 펼치는 순간.

그의 언월도가 나의 목을 노리고 들어왔다.

'어라?'

목이 잘려도 살려 주려나?

세상이 느려진다.

지금까지 살아왔던 것, 계획했던 것, 그리고 회귀하기 전의 인생까지 전부 내 머리를 스치고 지나갔다.

'이대로 죽을 수는…….'

그런 멍청한 생각을 할 때 짙은 풍란 향이 났다.

아린이를 처음 만났을 때 맡았던 그 향.

이윽고 누군가가 나와 장용의 사이로 들어오더니 팔을 들어 언월도를 막았다.

반짝거리는 은발. 붉은색의 눈.

죽음을 상징하는 음기에 공기마저 숨을 죽인다.

유아린.

나찰의 여왕은 그 어느 때보다도 짙은 음기를 뿜어내고 있었다.

혈극재신법(血極災神法), 광혈조(狂血爪).

아린이의 손에 붉은 손톱의 형상이 나타났다.

이윽고 그녀가 손을 휘두르자 촤악! 하는 소리와 함께 핏물이 쏟아져 나오며 장용의 팔이 하늘로 날아갔다.

그리고 그 순간.

아린이는 누구보다 환하게 웃고 있었다.

Chapter 75.

Chapter 75.

장용은 요령성 시골의 작은 마을에서 태어난 평범한 사람이었다.

제국에도 무사들을 키우기 위한 교육 기관이 많았으나 이곳에서는 하급, 중급 무사 정도를 양산할 뿐이었다.

그나마 실력을 보이면 대가문의 내가(內家) 제자가 되거나 유명한 학관에서 후원을 받을 수 있는 왕국과 달리 제국에서는 그런 것도 허락되지 않았다.

이유는 간단하다.

사람이 아주 많기 때문이다.

널리고 널린 것이 돈 많은 사람이고, 과거에는 나름 왕이었던 가문 또한 발에 치일 정도로 많았다.

한마디로 평민은 절대 위로 올라갈 수 없다.

이들에게는 그러한 교육조차 허가되지 않았다.

철저한 계급 사회.

왕국의 미래이자 제국의 현재였다.

그러나 장용은 언제나 특별함을 갈구했다.

"이렇게 그냥 죽을 수는 없습니다. 형님."

소자현은 그와 같은 동네에 사는 학자이며 동시에 무사였다.

"장용아. 내가 생각을 해 봤는데 말이야. 우리가 출세하려면……."

"출세하려면요?"

"다시 태어나야 해. 있는 집 자식으로. 이번 생은 이미 글렀어."

"……."

"아이고 형님들. 그런 헛소리 할 시간에 술이나 마시러 갑시다. 월급날 아니유?"

그렇게 평범한 일상을 살았다.

처음으로 비일상을 만나기 전까지는 말이다.

장용은 하늘로 솟구치는 팔을 바라보며 그때를 떠올렸다.

기연(機緣)을 만났던 바로 그날. 작전을 수행 도중 마수의 습격을 받은 세 형제는 길을 잃고 산속을 헤맸다.

그러던 중 발견한 폭포에서 한 여자를 마주쳤다.

긴 검은 머리.

하얀 얼굴과 붉은 눈. 산양과 같은 뿔을 가진 여자는 미소와 함께 자신을 소개했다.

"어머, 이런 곳까지 너희들이 살아올 줄은 몰랐는데. 이것도 인연인가?"

그리고는 마치 선녀처럼 내려와 말했다.

"내 이름은 람다. 너희들은?"

람다(Λ)의 앞에서 삼 형제는 모두 벌벌 떨었다. 마치 끝이 보이지 않는 심연과 같은 기운에 장용과 양전은 고개를 들 수도 없었다.

소자현을 빼고는 말이다.

"소자현입니다. 당신은 신입니까?"

"신? 그 비슷한 거라고 해 두자."

그리고는 가만히 세 사람을 내려 보다 말했다.

"너희들 괜찮네. 쓸 만하겠어. 나를 따르면 너희가 원하는 것을 주마. 어때?"

그것이 기연이었고 소자현은 바로 땅에 머리를 박았다.

이것이 인생의 분기점이라는 것을 본능적으로 안 것이었다.

"뭐든 하늘이 원하는 대로 하겠습니다."

그때부터 람다는 이들에게 검은 하늘.

현천(玄天)이 되었다.

람다가 준 힘은 엄청났다.

한 번도 느껴 보지 못한 내공이 몸을 감돌았고 본 적도 없는 일류 무공의 수련법이 저절로 떠올랐다.

매일 수련을 할 때마다 한 경지씩 올라갔다.

마치 천재라도 된 듯.

저잣거리에서 말하는 전설 속의 고수가 된 것처럼 매일매일 새로운 나를 마주했다.

그렇게 장용은 람다를 만나고 3년도 되지 않아 화경의 고수가 되었고 다른 의형제들과 역사의 주연이 되기 위해 전쟁을 시작했다.

'나는 특별하다.'

조연으로 끝날 인생이라고 생각했었다.

그러나 지금은 다르다.

다른 평범한 사람들과는 달리 특별한 인생을 사는, 영웅이 될 운명이었다.

그럴 터였다.

'그런데 왜……!'

이곳에서 팔이 날아가는가?

양손으로 언월도를 쥐지 못한다는 말인가?

그러한 절망 속에서 장용은 이를 악물며 나머지 팔로 언월도를 내려쳤다.

"죽어!"

이 또한 시련이라면 이겨 낼 수 있을 것이다.

거대한 기운이 장용의 언월도를 감쌌다.

강기는 그의 언월도를 3배는 더 크게 만들었다. 강철조차 두부처럼 자를 수 있는 것이 화경의 경지.

우문태의 호신강기를 자른 그 일격이었다.

그리고 눈앞에 나타난 여자는 이번에도 팔을 들어 막았다.

'베어 주마!'

저번처럼 부러트리고, 아니 팔을 완전히 잘라 버리고 목까지 날려 버릴 생각이다.

가능할 것이다.

이번 출진을 앞두고 람다 님에게 새로운 힘을 받았으니까.

그러나 이번에는 손 느낌조차 달랐다.

캉! 하는 소리와 함께 멈춘 언월도는 마치 태산을 때린 듯 꿈쩍도 하지 않았다.

이윽고 여자의 주먹이 장용의 가슴을 때렸다.

펑!

거대한 폭음과 함께 장용은 물러난 뒤 가슴을 내려다보았다.

"아……."

가슴에 구멍이 나 있었고 눈앞의 여자가 무언가를 들고 있었다.

몸에서 나온 줄도 모르고 뛰고 있는 장용의 심장이었다.

"그거 내……."

장용은 그대로 무릎을 꿇었다.

특별한 줄 알았다.

내 인생은 말이다.

그러나 세상은 넓고 괴물은 많다.

“형님.”

모든 평범한 사람이 그렇듯.

장용은 아무도 모르는 곳에서 그렇게 눈을 감았다.

무슨 일이 벌어지고 있는 것인지 모르겠다.

아린이가 튀어나오고 일순간에 장용을 죽였다.

‘저 정도는 아니었는데.’

아린이는 단 한 번도 저 정도 경지에 올라간 적이 없다.

좋게 봐주어도 초절정 초입 수준.

아무리 음기 폭주를 사용했더라도 화경으로는 결코 넘어갈 수 없다.

그것은 같은 성질의 강화 기술인 극양신공을 사용하는 내가 가장 잘 알고 있다.

단순한 폭주로는 절대로 초절정에서 화경의 벽을 넘을 수 없다.

그러나 아린이는 해냈다.

그 말이 무슨 뜻이겠는가?

'강을 건넜나?'

다시는 돌아올 수 없는 강을 건넜을 수도 있다는 말이다.

이윽고 아린이는 장용의 심장을 손으로 쥐어 터트렸다.

싸움은 끝났다.

그러나 내 눈앞에 있는 아린이가 어떤 존재인지를 알 수 없는 지금 긴장을 풀 수는 없었다.

'너는…….'

내가 아는 바로 그 유아린인가? 아니면 회귀 전 혈겁을 일으켰던 은혈천마(銀血天魔)인가?

"아린아……."

확인을 위해 다가가 손을 내미는 순간 아린이가 사납게 반응했다.

오랜만에 느껴 보는 살기.

단 한 번도 나를 향한 적이 없기에, 아린이의 살기는 그 누구의 것보다도 섬뜩했다.

내가 뒤로 살짝 물러나자 아린이는 고개를 흔들었다.

"아니야. 아니야."

내면의 갈등이다.

아직 부동심법이 무너지지 않았다.

그렇다면 방법이 있다.

"괜찮아. 넌 돌아올 수 있어."

"아니야, 아니야, 아니야!"

아린이가 머리를 부여잡았고 난 그런 그녀를 향해 다가갔다.

그리고 그 순간.

아린이가 거칠게 손을 흔들자 붉은 기운이 내 목을 스치고 지나갔다.

나는 침을 삼키며 목을 만져 보았다.

다행히 상처는 깊지 않았으나 제대로 들어갔다면 동맥이 끊어졌을 것이다.

'그래도…….'

나를 살리기 위해 자신을 포기한 아린이였다.

고작 이런 생채기에 뒤로 물러날 수는 없다.

그리고 그 순간이었다.

"뒤로 물러나! 이서하!"

서아라가 달려와 아린이를 향해 세검을 휘둘렀다.

얇디얇은 검이 아린이의 가슴을 찌르다 귀혼갑에 튕겨져 나왔다.

"크윽!"

"잠깐……!"

서아라는 내가 말을 끝내기도 전에 내 허리를 잡아 끌었다.

"이년이 미쳤나? 내가 이거 얼굴 창백할 때부터 알아봤다. 괜찮냐?"

"아 좀!"

나는 서아라의 팔을 뿌리친 뒤 아린이를 바라봤다.

묘한 표정을 짓고 있는 아린이.

입은 웃고 있으나 눈은 울고 있다.

나는 서아라를 밀어낸 뒤 말했다.

“음기 폭주입니다. 별거 아니에요. 제가 어떻게든 할 수 있습니다.”

“초절정 고수가 저만한 음기 폭주를 일으킨 게 별일이 아니라고? 너 돌았어?”

서아라는 정색하며 말했다.

“너 음기 폭주 한 번도 안 봤지? 폭주 처음 본 놈들은 다 너처럼 제정신으로 돌릴 수 있다고 지랄하다 죽었어.”

아니, 나는 많이 봐 왔다.

그리고 서아라 말도 맞다.

음기 폭주를 일으킨 사람도, 폭주한 사람을 제정신으로 돌리려던 사람들도 전부 죽었었으니까.

저기서 돌아올 수 있는 사람은 없다.

하지만…….

“이미 죽은 년이야. 버려. 제압하려고도 하지 마. 미쳐 날뛰다 제풀에 죽겠지.”

“개소리 작작 하세요.”

아린이라면 제정신으로 돌아올 수 있다.

“전 아린이를 두고 갈 생각이 없습니다.”

"불가능하다고! 이 또라이야."

"아뇨."

나는 서아라와 아린이의 사이에 섰다.

"나는 가능합니다."

이런 식으로 아린이를 포기할 것이었다면 애초에 구하지도 않았을 것이다.

그리고 그 순간이었다.

아린이가 갑작스럽게 달려들었고 서아라는 세검을 들었다.

"내가 이래서……!"

이대로 싸우면 안 된다.

아린이가 서아라를 죽이는 것도, 서아라가 아린이를 죽이는 것도 안 된다.

'여기서 더 살육했다간…….'

혈극재신법 또한 아린이의 정신을 갉아먹을 것이다.

'내가 미쳤지.'

그런 마공을 가르치다니.

음기를 다루기에.

그와 친척 격인 무공이 잘 어울린다고 생각했다.

아린이는 언제나 강했기에 절대로 부서지지 않으리라 생각했다.

하지만 내 생각이 짧았다.

아니, 내 욕심이 컸다.

다 내 잘못이다.

이윽고 푹! 하는 소리와 함께 아린이의 손이 느껴졌다.

"이서하!"

서아라의 비명과도 같은 외침이 들려왔다. 하지만 나는 손을 들며 그녀에게 말했다.

"가만히!"

서아라의 비명도 이해가 간다. 배가 완전히 뚫려 버렸으니 말이다.

하지만 상관없다.

난 절대로 죽지 않는다. 적어도 아린이의 손에 죽을 수는 없다.

나는 아린이의 손이 떨리는 것을 느끼며 말했다.

"아린아, 이제 정신이 좀 들어?"

아린이가 나를 올려 보았다.

묘하게 일그러진 얼굴조차 아름답다.

"내가…… 내가……!"

기가 흔들린다.

역시 충격 요법이 잘 먹힌다. 폭주하던 음기가 정상적으로 돌아왔고 완전히 잠식되었던 의식도 어느 정도는 되찾은 것만 같았다.

하지만 임시방편일 뿐.

내가 죽으면 바로 다시 폭주다.

아니, 내가 위험하다는 생각만으로도 지금의 아린이는 제 정신을 유지하지 못할 것이다.

"서하야. 날 죽여 줘."

봐라, 또 헛소리다.

나는 최대한 평온하게 말했다.

"내가 널 왜 죽여?"

어떻게든 해 보려고 배까지 뚫렸는데 말이다.

급한 불을 끈 나는 서아라를 돌아보며 말했다.

"내가 알아서 합니다. 가서 보급 이송이나 신경 쓰세요."

"……미친 새끼."

그녀도 알고 있을 것이다.

나를 찌른 직후 아린이의 기가 떨리고 있다는 것을.

음기가 점점 사라지고 있다는 것을 말이다.

"어서 가요. 방해하지 말고."

"그래, 그래. 알았다. 나도 너희 살벌한 연애는 보고 싶지 않으니까. 죽지 마라."

서아라는 한숨을 내쉬고는 사라졌다.

그래도 다행이었다.

아린이의 기가 안정된 것을 느낄 수 있을 정도로 강한 사람이었으니 말이다.

'나중에 해명을 해야겠네.'

아린이의 상태가 백성엽 장군님 귀에 들어가면 축출될 수도 있으니 말이다.

그런 생각을 하고 있을 때 아린이가 울먹거리며 말했다.

“너 배가…….”

그러고 보니 나도 목숨이 간당간당한 상황이었다.

남 걱정할 때가 아니었네.

나는 애써 웃으며 말했다.

“손 좀 빼 줄래? 내가 신기한 거 보여 줄게.”

마치 장난을 치는 것처럼 말이다.

하지만 지금 상황은 굉장히 심각하다.

적오의 심장이 도와주지 않는다면 이 손을 빼는 순간 나는 과다 출혈로 죽을 테니 말이다.

‘그냥 믿는 수밖에 없지.’

적오의 심장.

부탁한다. 나에게 딱 한 번만 더 기회를 주면 앞으로 평생 감사하며 살마.

‘후우, 준비하고.’

그나저나 내장이 다 쏟아지지는 않겠지?

그렇게 수많은 걱정 속에 아린이가 손을 빼는 순간이었다.

극심한 고통과 함께 나는 이를 악물었다.

소리를 지를 수는 없다.

난 평정심을 유지하면서 속으로 되뇌었다.

적오의 심장아. 한 번만 더 살려 줘라.

그리고 그 순간이었다.

'……그래, 믿고 있었다.'

심장의 격한 고통과 함께 상처 부위가 불타기 시작했다.

이윽고 새살이 돋아났고 나는 거친 숨을 뱉으며 상처 부위를 살폈다.

"봐봐? 신기하지."

최대한 아무렇지 않게 말한다.

그 순간 아린이가 다시금 안겨 왔다.

다행이라고 흐느끼며 우는 그녀를 안고 있던 나는 이를 악물었다.

'아직 끝이 아니네.'

일순간의 충격으로 억눌러진 음기가 다시 혈도를 따라 흐르기 시작한 것이다.

난 아린이가 다시 평정심을 잃기 전에 말했다.

"아린아. 지금부터 내가 네 혈도를 다 막을 거야. 엄청 아프겠지만 내가 꼭……."

"말하지 말고 해야 할 일을 해."

아린이는 미소를 지었다. 그녀의 허락이 떨어지고 나는 바로 아린이의 혈을 짚었다.

뼈와 뼈 사이에 존재하는 16개의 극혈(隙穴).

혈도가 막히자 아린이는 정신을 잃고 내 품에 안겼다.

"……방법을 찾을게."

일정을 변경한다.

"다행이네. 이 근처라서."

나에게 있어 가장 중요한 일은 이제 요령성 전투가 아니었다.

난 염제와 빙후의 고분으로 간다.

갑작스러운 기습을 알아차린 것은 서아라, 그리고 유아린만이 아니었다.

"이서하!"

한상혁은 달려드는 적을 베며 이서하를 찾았고 그런 그를 향해 정이준이 외쳤다.

"정신 좀 차려요! 이미 못 쫓아간다고요!"

"막지 마!"

이성을 잃은 한상혁이 전선을 이탈하려고 하자 정이준이 내공을 담아 소리쳤다.

"정신 좀 차리라고 이 멍청아!"

그제야 정신을 차린 한상혁은 거친 숨을 몰아쉬며 정이준이 있는 방향을 돌아봤다.

민주가 머리를 부여잡은 채 벌벌 떨고 있었고 그 앞을 정이준이 힘겹게 막아서고 있었다.

주지율이 무사들을 지휘하고 있었으나 이미 이서하, 유아린, 서아라가 전부 이탈해 상황이 좋지 않았다.

정이준은 달려드는 무사를 힘겹게 제압한 뒤 한상혁에게

말했다.

“생각 좀 해요! 생각! 대장님 말 못 들었습니까? 보급 날아가면 도시 사람들 다 죽습니다.”

“하지만 서하가…….”

“그렇게 대장님을 못 믿습니까?”

정이준은 답답하다는 듯이 외쳤다.

“이미 우리 쪽 고수 셋이나 달려갔는데 당신까지 가서 뭐 하려고? 정신 차려. 여기가 지금 이 상태라면 협상 자리도 개판일 거 아니야!”

정이준이 미친 듯이 외치자 상혁의 동공이 흔들렸다.

“……협상이 왜?”

“생각해 보세요. 우리는 양동을 취하기 위해 협상에 응한 겁니다. 이 보급을 최소 인원으로 안전하게 옮기기 위해서요. 그런데 상대가 습격을 해 왔다. 이것이 무슨 소리겠습니까?”

한상혁이 대답하지 않자 정이준이 말을 이었다.

“저쪽도 양동 작전이었습니다. 보급이 온다는 걸 알면서도 모른 척하기 위해 협상이니 뭐니 하며 굽히고 들어온 거란 말입니다. 그럼 협상 자리는 어떻게 되었겠습니까?”

“…….”

“운이 좋으면 아무 일도 없겠지만…….”

정이준은 한숨을 쉬었다.

“운이 나쁘면 칼부림이 났을 겁니다. 그건 나중에 확인해 볼 일이고, 일단 여기부터 정리하죠. 근데 민주 선배는 뭐가 문제입니까?"

공격을 무서워하는 민주는 수레 밑으로 숨은 상태였다.

"미, 미안해. 이준아. 내가, 내가 못나서……."

"후우."

대장 이서하도, 부대장 유아린도, 거기에 서아라도 없는 지금 이 상황에서 차이를 만들 수 있는 고수라고는 오직 한상혁뿐이었다.

"일단 보급부터 지키고 얘기합시다."

"그래."

상혁은 현철쌍검을 휘둘러 다가오는 적의 목을 베었다.

정이준은 그런 상혁을 보며 생각했다.

'정보의 불균형이 크다.'

거기다 이쪽은 반란군과 달리 책임져야 할 것이 너무나도 많았다.

'전쟁에서 이기려면 먼저 적을 알아야지.'

정이준은 한쪽 입꼬리를 올리며 말했다.

"더럽게 싸우는 건 자신 있지."

사기를 좀 쳐 봐야겠다.

◆ ◈ ◆

관문과 요령성군 진지 사이에 있는 협상 자리.

왕국군에서는 결정권을 가진 요령성주 여자신을 포함해 총 10명의 협상단을 꾸렸다.

총대장인 이건하, 계명 가주인 최지혁도 포함이 되어 있었으며 이재민과 최도원도 함께였다.

그렇게 도착한 협상 자리.

떨고 있는 최도원에게 아버지 최지혁이 다가왔다.

"떨리느냐?"

"좀 떨리네요. 근데 진짜 제가 가도 되는 겁니까?"

"실력으로 보나 신분으로 보나 넌 충분히 자격이 있다."

최도원의 실력은 그래도 군 상위권에 들 정도였다.

물론 열 손가락 안에 들어갈 수준은 아니었으나 광명대와 서아라가 빠진 지금 딱히 그를 대신해 협상에 대동할 인물이 없는 것도 사실이었다.

최지혁은 아들의 긴장감을 풀어 주기 위해 말을 이었다.

"너무 걱정하지 마라. 협상 중에 별일이야 있겠느냐?"

소수 인원으로 모여 협상을 하는 자리에서 칼부림을 했다는 것은 동서고금 그 어디에서도 들은 적이 없는 일이다.

"그렇겠죠?"

하지만 적은 반란군.

어디로 튈지 모르는 자들이기에 걱정이 되는 건 어쩔 수 없었다.

이윽고 저 멀리 소자현이 다가오는 것이 보였다.

약속대로 장용은 없다.

협상 장소에 도착한 소자현은 미소와 함께 말했다.

"해방군 현천회의 소자현이라고 합니다."

"요령성주 여자신이다."

소자현은 요령성주를 힐끗 본 뒤 말했다.

"일단 앉으시죠."

의자는 단 두 개.

책상 하나 없는 단출한 협상 자리였다.

여자신과 소자현이 자리에 앉고 두 사람의 뒤로 무사들이 서로를 노려보며 섰다.

모두 자리를 잡자 소자현이 말했다.

"피차 바쁘니 본론으로 들어가죠. 관문을 넘겨 드리겠습니다. 거기에 다시는 심수시 근방의 마을을 약탈하지 않겠다 약조하죠. 대신 나머지 6개의 성은 저희 현천회가 가져가겠습니다."

협상 경험이 미천한 최도원도 인상을 찌푸릴 정도로 말도 안 되는 협상이었다.

'무슨 말도 안 되는…….'

여자신은 허탈하게 숨을 내뱉으며 말했다.

"협상을 하러 온 것이 맞나? 그런 요구는 받아들일 수 없다."

소자현은 어깨를 으쓱하며 말했다.

"어떻게 아셨습니까? 협상하러 온 게 아니라는 걸. 그래도 이 조건을 받아들이면 만족하려 했는데 말입니다."

"뭐?"

"협상 결렬입니다."

그 순간 양전이 던진 단검이 여자신의 심장에 날아가 꽂혔다.

"……!"

협상 결렬.

그것이 신호였다.

최도원이 굳어 있는 사이 이건하가 외쳤다.

"성주님을 보호해라!"

그러나 소자현의 뒤에 있던 무사들이 먼저 움직였다.

목표는 총대장인 이건하와 계명의 가주 최지혁이었다.

"아버지!"

정신을 차린 최도원이 외치는 순간 최지혁은 자신을 향해 달려드는 무사 둘을 두 동강 냈다.

"……!"

누가 누구를 걱정했던 것인가?

최도원은 그제야 자신의 아버지가 어떤 사람인지 다시금 떠올렸다.

계명(界明).

변경의 지배자이자 수많은 동부 왕국의 침략을 막아 낸 영웅.

최지혁은 화경에 들어선 고수이자 왕국 최고의 전력 중 하나였다.

'우리에게도 고수가 있다.'

이건하 역시 별문제 없이 적을 제압한 뒤 양전과 싸우고 있었다.

'이길 수 있다.'

성주님이 당했으나 이쪽 또한 소자현을 잡을 수만 있다면 이 전쟁을 끝낼 수 있었다.

아니나 다를까, 최지혁이 바로 소자현을 향해 달려들었다.

"소자현!"

소자현에게는 변변한 무기조차 없었다.

고수의, 그것도 화경 무사의 검을 맨손으로 막는다는 것은 거의 불가능에 가까운 일.

같은, 아니 훨씬 뛰어난 실력자가 아니라면 말이다.

그렇게 최지혁의 검이 소자현의 손과 만나는 순간이었다.

캉!

"……!"

얇디얇은 소자현의 팔에 최지혁의 검이 막힌 것이었다.

소자현은 당황한 최지혁을 향해 미소를 지어 보였다.

"왜 그렇게 놀라십니까? 내가 설마 싸울 줄도 모른다고 생각했습니까? 그럴 리가. 하하하."

단 한 합에 불과했지만 최지혁은 소자현의 수준을 알 수 있었다.

이 남자는 가장 경계했던 그 장용보다도 강하다.

'함정이었구나!'

최지혁은 그제야 이 협상 자체가 함정이라는 것을 깨달았다.

그리고 그 순간.

소자현의 손바닥이 최지혁의 복부를 때렸다.

펑! 하는 소리와 함께 최지혁의 등이 출렁거린다.

"아, 아버지!"

무릎을 꿇은 최지혁은 오공(五孔)에서 피를 흘리며 아들을 돌아봤다.

그러나 최지혁이 마지막 말을 꺼내기도 전에 소자현이 그의 머리를 걷어찼다.

펑! 하는 소리와 함께 최지혁이 쓰러지고 머리를 쓸어 올린 소자현은 양팔을 벌리며 말했다.

"자, 전쟁을 계속 즐겨 보자."

"우와아아아아아아아아!"

관문이 열리고 괴성과 함께 반란군이 달려 나왔다.

이건하는 양전을 귀찮다는 듯이 떨쳐 내며 고개를 돌려 본진을 바라봤다.

'우리 쪽은…….'

이건하 역시 관문에서 적이 나올 경우 바로 출진할 수 있도록 대비를 갖춰 놓은 상태였다.

그러나 본진 쪽에서는 움직임은커녕 연기만 치솟고 있었다.

'쯧, 피난민들이구나.'

피난민들 사이에 숨어들었던 반란군이 움직인 것이다.

그 수가 아무리 적다 한들 배후에 적이 있는 이상 무시할 수는 없다.

이렇게 되면 방법이 없다.

지금은 물러나는 수밖에.

"후퇴! 본진으로 돌아간다."

그러나 최도원은 움직이지 않았다.

"아버지! 아버지!"

누구나 그렇듯.

최도원이 가장 존경하는 사람도 그의 아버지였다.

언제나 공명정대해 존경을 받았으며 정의를 알았고 또 강했다.

이렇게 그냥 버리고 갈 수는 없었다.

이건하는 그런 최도원을 힐끗 보고는 그저 스쳐 지나갔다.

최도원 같은 놈이 죽든 말든 이건하가 상관할 바가 아니었으니 말이다.

하지만 그런 그를 챙기는 사람이 있었다.

"후퇴하라는 말 안 들려?"

이재민은 이성을 잃은 최도원을 안아 들고 뛰기 시작했다.

"놔! 놓으라고 씨발!"

"정신 차려 이 새끼야!"

이재민은 격하게 외쳤다.

새파랗게 젊은 후배가 눈앞에서 죽는 걸 보고 있을 수만은 없었다.

"네가 뭘 할 수 있는데? 아버지 따라 죽기라도 할 거야? 어?"

최도원은 입술을 물고 그대로 고개를 숙였다.

형용할 수 없는 무력감이 그를 짓눌렀다.

그렇게 도착한 본진의 상황도 난장판이었다.

피난민들 사이에 숨어들었던 반란군이 여기저기 불을 놓았고 난동을 피웠다.

동시에 반란군이 공격해 들어왔고 사방에서 전투가 벌어지기 시작했다.

완전히 정신이 나간 최도원은 후방에서 멍하니 바닥만 보고 있었다.

연기가 치솟고 사람들이 죽는다.

그러나 움직일 수가 없었다.

최도원은 그렇게 무기력함에 절여져 고개를 숙일 뿐이었다.

이윽고 전투가 끝나고 이재민이 멍하니 앉아 있는 최도원을 향해 걸어왔다.

"괜찮냐?"

"……살려 주셔서 감사합니다."

"정신은 좀 돌아왔나 보네."

뭐라고 위로의 말을 해야 할지 모르겠다.

그렇게 생각할 때 한 무사가 헐레벌떡 뛰어왔다.

"부장님! 이건하 장군님은 어디 계십니까?"

계속된 비보(悲報)에 지친 이재민은 인상을 찌푸리며 말했다.

"또 뭔데?"

"그게……."

"빨리 말해. 이보다 더 안 좋을 수가 없으니까."

요령성주가 죽었고 계명의 가주가 죽었다.

여기서 더 안 좋은 일이 있을 리가…….

"여옥비 아가씨가 사라졌습니다."

……있구나.

아버지를 잃은 충격이 가시기도 전에 여옥비가 잡혀갔다는 소식을 들은 최도원은 바닥을 기듯이 다가와 무사의 어깨를 잡았다.

"그게 무슨 소리야!"

"피난민들과 함께 있다가 잡혀가신 거 같습니다."

"그게 무슨……!"

그때 한 남자가 걸어오며 말했다.

"그래?"

총대장 이건하였다.

이건하는 검에 묻은 피를 닦아 내며 말했다.

"그럼 이제 명분은 저쪽에 있겠네."

"네?"

최도원의 말에 이건하는 혀를 차며 말했다.

"요령성주가 저기 있잖아."

여자신이 죽었으니 그의 딸인 여옥비가 차기 요령성주였다.

이건하는 혀를 차며 말했다.

"철수한다. 왕국으로 돌아가자."

"그런 말도 안 되는……! 여옥비라도 구해야 할 거 아닙니까?"

"구할 거 없다. 안 죽일 거야. 그보다 네 걱정이 우선 아닌가? 가주가 죽었으니 후계자 싸움이 일어날 텐데."

그 말을 끝으로 이건하가 떠나고 최도원은 자리에 주저앉았다.

슬픔으로 메말라 버린 감정에 불씨가 떨어지며 분노가 타오르기 시작했다.

협상 자리에서는 서로 싸우지 않는다.

임시 휴전 상태이기 때문이다.

그러나 소자현은 그런 것을 지키지 않았다.

아니, 애초에 지킬 필요가 없었다.

전쟁이니까.

모든 법이 사라지는 전쟁터에서 그딴 불문율을 지키는 것이 멍청한 일이었다.

피난민은 어떤가?

요령성주와 아버지는 그들을 위해 이건하와 싸우며 보호했다.

그런데 그들은 어떻게 보답했는가?

반란군이 되어 여옥비를 납치했다.

분노에 몸을 떨던 최도원은 자기도 모르게 웃었다.

"하……, 이런 게 전쟁이구나. 이런 게 전쟁이야."

광기 어린 웃음을 짓던 최도원은 눈물을 훔치며 일어났다.

이제는 전쟁의 본질을 조금은 알 것만 같았다.

그렇게 최도원은 같은 운명을 향해 나아가고 있었다.

◆ ◈ ◆

"아버지! 아버지!"

여옥비는 죽은 여자신을 붙들고 오열했고 소자현은 옆에서 그 모습을 가만히 지켜볼 뿐이었다.

모든 것이 완벽했다.

여자신을 죽였고 여옥비를 확보했다. 거기에 계명의 가주까지.

성공 그 이상의 결과였다.

그러나 한 가지.

소자현은 패배해 돌아온 장용의 부하들을 바라보며 입맛을 다셨다.

"그러니까 장용이 복귀하지 않았다는 거지?"

"그, 그렇습니다."

장용이 복귀하지 않았다.

'그러고 보니 그놈이 없었지.'

양기 폭주를 하던 그놈이 협상 자리에 없었다. 덕분에 계명 가주까지 죽일 수는 있었지만 반대로 보급 탈취전에서는 진 것이었다.

'그놈과 싸웠겠군.'

장용은 아마 양기 폭주를 사용하던 그 무사와 전투를 벌였을 것이다.

만약 적이 작정하고 도망쳤다면 꽤 시간이 걸렸겠지.

람다 님에게 강화를 받고 떠난 장용이 죽을 리는 없으니 기다리면 돌아올 것이었다.

"그래, 이해했다. 수고했어. 그런데 네 이름이 뭐라고 했지?"

"전 건창현 출신……."

무사는 고개를 들며 말했다.

"정이준이라고 합니다."

요령성 고분(古墳).

난 그 고분의 위치를 정확하게 알고 있었다.

'아니, 사실 회귀 전에는 모두가 알고 있었지.'

파헤쳐진 고분의 위치는 빠르게 퍼지기 마련이다.

소문을 접한 사람들은 아쉬움에 외친다.

"아! 내가 찾았으면 부자가 되었을 텐데."

그렇게 아쉬움에 한마디씩 내뱉다 보면 어느새 온 백성들이 다 아는 사실이 되어 버리는 셈이다.

나는 요령의 한 호수 앞에서 발을 멈춘 뒤 아린이의 상태를 살폈다.

아직은 정신을 차리지 못한 상태.

나는 아린이의 코와 입을 막으며 말했다.

"조금만 참아."

염제와 빙후의 고분은 바로 이 호수 밑에 있는 동굴에 존재했다.

'이러니까 쉽게 찾을 수 없었지.'

비고와 달리 함정이 없는 만큼 꼭꼭 숨겨서 만든 것이다.

나는 어두컴컴한 호수를 헤엄쳐 비고가 있다는 동굴 안으로 들어갔다.

"후우."

아린이부터 물 위로 올린 나는 숨을 쉬는지를 확인했다.

다행히 얼굴을 살짝 찌푸릴 뿐 안정적인 상태를 유지하는 아린이였다.

나는 바로 천광에 양기를 불어넣어 불을 밝힌 뒤 동굴 안을 살폈다.

고분을 제대로 찾아온 것인지 아닌지는 입구 위에 적힌 문구를 보면 된다.

동굴 한편에 있는 석문.

그 위에는 빙탄상애(氷炭相愛)라는 네 글자가 적혀 있었다.

얼음과 숯이 사랑한다는 뜻.

얼음이 빙후, 숯이 염제를 가리켰다.

“제대로 찾았네.”

나는 다시 아린이를 업은 뒤 돌로 만들어진 입구를 밀어 안으로 들어갔다.

얼마 지나지 않아 거대한 공간이 나타났다.

정교하게 만들어진 제국식 저택이 무려 4채나 보였고 하인의 형상을 한 석상도 많았다.

염제와 빙후가 살던 저택을 그대로 옮겨 놓은 것이었다.

만약 눈에 보이는 모습대로라면 영약은 당연히 약방에 있을 것이었다.

‘어떤 영약이 있을지부터 찾아보자.’

나는 약방을 찾아 들어가 아린이를 눕힌 뒤 약재 서랍을 열어 보기 시작했다.

‘음기를 억누르는 영약이 있어야 할 텐데.’

약재는 종류별로 잘 정리되어 있었기에 찾는 건 그리 어렵지 않았다.

그렇게 한 식경 후.

영약이라고 부를 만한 것은 두 개뿐이었다.

‘난감하네.’

극한의 양기를 지닌 만년지극혈보(萬年地極血寶)와 섭취하는 순간 온몸의 혈도가 다 얼어 버리는 한기를 가진 만년설삼(萬年雪蔘)이 바로 그 두 개였다.

만 년에 한 번 나온다는 영약이 두 개나 있다는 것은 기대 이상이었으나 너무 극단적이라는 게 문제다.

'아린이가 먹을 수 있는 건 없다.'

화기(火氣)와 한기(寒氣)는 각각 양기와 음기의 하위분류라고 볼 수 있다.

그런 의미로 만년지극혈보(萬年地極血寶)는 극한의 양기만을 담은 영약.

만년설삼(萬年雪蔘)은 극한의 음기만을 담은 영약이었다.

'이론상으로는 만년지극혈보를 먹이면 되겠지만…….'

순수한 양기가 아니라 불과 같은 성질을 가지고 있었기에 아린이가 죽을 수도 있었다.

만년설삼(萬年雪蔘)을 함께 먹으면 중화되긴 하겠지만 그렇게 되면 한 번에 들어오는 내공의 양이 너무나도 많아 주화입마에 빠지기에 십상이었다.

'염제와 빙후가 이걸 가지고 있었다는 건 방법을 알고 있었다는 뜻일 거야.'

분명 안전하게 섭취하는 방법이 있을 것이다.

'그러면…….'

서고에 뭔가를 남겨 놓지 않았을까?

난 서고로 달려가 모든 책을 가지고 다시 약방으로 돌아왔다.

아린이가 언제 깨어날지 모르니 바로 옆에 있어야 안심이 된다.

'그럼…….'

난 두 사람의 비급서를 하나씩 살폈다.

처음 손에 잡힌 것은 무공서들이었다.

일류, 아니 그 이상의 무공서라고 할 수 있었으나 지금은 이런 것을 살필 여유가 없었다.

'분명 어딘가에 영약에 관한 정보가 적혀 있을 거야.'

무공서보다는 약학서 같은 곳에 적혀 있지 않을까?

'집중하자.'

혈도가 언제 풀릴지 모르기에 서둘러야만 했다.

다행히도 속독(速讀)만큼은 누구에게도 지지 않을 자신이 있었다.

회귀 전, 나찰을 피해 도망 다니면서도 난 책을 손에서 놓지 않았다.

회귀에 성공할 때를 대비해 모든 기록과 지식을 가져가야 했기 때문이다.

그렇기에 나는 비급서든 역사서든 닥치는 대로 읽었고, 한 번 읽고 버릴 수밖에 없는 여건상 최대한 빠르게 탐독하려 노력했다.

그 결과 나는 누구보다도 빠르게, 그리고 정확하게 책을 읽고 기억할 수 있는 경지에 올랐다.

그렇게 무아지경의 상태에 들어간 나는 책장을 넘겼다.

'만년지극혈보, 만년지극혈보!'

약 7권째의 서책에서 처음으로 만년지극혈보가 언급되었다.

- ……대성을 이룩하기 위해서는 만년지극혈보(萬年地極血寶)를 3번 섭취해야 한다. 그러나 아무리 화기(火氣)를 능숙하게 다루더라도 인간은 만년지극혈보의 화기(火氣)를 이겨 낼 수 없다. 그렇기 때문에 이를 안전하게 섭취하기 위해서는 별도의 과정을 거쳐야 하며, 이 작업은 한 단에 약 나흘의 시간이 필요하다.

"찾았다."

만년지극혈보와 만년설삼이 함께 있었던 이유가 여기 있었구나.

비급서에 적힌 내용을 요약하면 이러하다.

한기(寒氣)를 다룰 줄 아는 고수가 만년설삼을 먹고, 화기(火氣)를 다룰 줄 아는 고수가 만년지극혈보를 먹는다.

그리고 두 사람이 서로의 기를 주고받으며 이를 중화시키는 것이다.

성공만 한다면 안전하게 서로가 원하는 성질의 기를 흡수할 수 있게 된다.

물론 이론상으로 말은 된다.

아니, 염제와 빙후는 이 방식으로 서로의 실력을 키웠을 테니 현실적으로도 불가능한 것은 아니다.

'그러나 한 명이라도 실수하는 순간…….'

둘 다 주화입마에 빠져 폐인이 될 것이었다.

'더 안전한 방법은…….'

아마 존재하지 않겠지.

그리고 그 순간 아린이가 몸을 일으켰다. 머리를 잡으며 일어난 그녀는 주변을 두리번거리며 말했다.

"서하야? 여기는……."

"잠깐만."

나는 일어나는 아린이의 어깨를 잡아 눕혔다. 당황한 아린이는 얼굴을 붉히며 말했다.

"갑자기? 자, 잠깐만. 여기가 어딘지는 알아야……."

"혈도가 열리고 있네."

"어?"

"어?"

나는 눈을 깜빡이는 아린이를 바라보다가 말했다.

"잘 들어, 아린아. 곧 혈도가 열릴 거야. 그러면 다시 폭주할 수도 있어."

"내가 폭주했었구나……."

아린이는 금방이라도 울 것처럼 시선을 피했다.

"미안. 또……."

"아니야. 아무 일도 없었어. 이번에는 얌전하더라고."

"그래? 그럼 다행이네."

아린이는 폭주했을 때의 기억이 희미한 것만 같았다.

물론 아무 일도 없었다는 내 말을 믿는 표정은 아니었으나 그래도 이편이 낫다.

적어도 자기 손으로 내 배를 뚫었었다는 건 모를 테니까.

어쨌든 곧 막아 놓은 혈도가 풀린다.

이제 방법은 하나뿐.

염제와 빙후가 했던 미친 짓을 나와 아린이가 해야 하는 것이다.

"우리 성무학관 다닐 때 내가 양기 주고 네가 음기 주고 했던 거 기억나지?"

"응, 기억나. 네가 그거 하는 거 좋아했잖아."

"……."

흑역사 소환에 순간 평정심이 흔들릴 뻔했다.

좋았던 건 사실이지만 진정해라. 진정해.

"그거랑 비슷한 거야. 나는 너에게 양기를 보내고, 너는 나에게 음기를 보내고. 그리고 안에서 서로를 중화시켜 흡수하면 돼. 넌 양기 6할로, 난 음기 6할로 딱 맞춰서. 신로심법을 익혔으니 집중만 하면 간단할 거야."

아니, 간단하지 않다.

미친 듯이 어렵다.

흡기와 방출, 그리고 중화를 동시에 해내야 하니까.

한마디로 양손으로 다른 그림을 그리며 동시에 발로는 바둑까지 두는 셈이다.

하지만 위험하다는 것을 알면 아린이는 결코 내 말에 따라주지 않을 테니 간단하다고 말할 수밖에 없다.

"그럼 시작하자."

아린이는 성무학관 때처럼 나를 바라보며 마주 앉았다.

"이건 만년지극혈보(萬年地極血寶)야. 혈도를 열면 나와 동시에 먹자."

방법은 비슷하지만 조금의 차이를 두었다.

만년설삼은 양기를 가지고 있는 내가, 만년지극혈보는 음기가 충만한 아린이가 섭취하는 것이었다.

이미 음기 폭주 상태에 이른 아린이에게 한기까지 더해진다면 더 이상 손을 쓸 수 없을 만큼 폭주할 수도 있으니 말이다.

"준비됐지?"

"언제든 시작해."

"혈도를 열게."

아린이가 고개를 끄덕이고 나는 막아 놓았던 혈도를 전부 연 뒤 만년설삼을 입에 넣고는 아린이의 손을 잡았다.

그 순간 온몸의 혈도가 얼어붙는 느낌이었다.

극심한 고통에 저절로 인상을 찌푸려진다.

'……이 정도일 줄이야!'

극양신공을 익힌 나조차도 방심하는 순간 정신을 잃을 정도의 한기였다.

'진정해라. 진정해.'

난 정신을 집중하며 한기를 온몸에 흩트렸다.

하단전부터 중단전으로, 그리고 다시 상단전으로. 그렇게 빠르게 순환시키며 한기를 억누르자 조금은 안정이 되었다.

이윽고 내 오른손으로 화기(火氣)가 들어오기 시작했다.

부드럽게 들어오는 따뜻한 기운.

아린이 역시 몸에 들어온 화기(火氣)를 안정시킨 것이었다.

'이제부터가 시작이다.'

한기와 화기.

이 두 상반된 기운을 하나로 만드는 방법은 간단하다.

하단전, 중단전, 그리고 상단전으로 순환시키다 보며 자연스럽게 융화되도록 유도할 뿐.

'약 나흘이 걸린다고 했었지.'

안정적으로 하려면 그럴 것이다.

하지만 아린이가 언제 폭주할지 모르는데, 나흘이나 앉아서 집중하고 있을 수는 없는 노릇이다.

'이제부터는 전부 나한테 달렸다.'

난 애초에 아린이에게도 위험을 감수하게 할 생각이 없었다.

'모든 것이 나의 실수였다.'

난 지금까지 아린이를 방치했었다.

언제나 불만 없이 따라왔기에.

아픈 기색 한 번 없이 내 말을 따라 주었기에.

난 언젠가부터 그녀에게 의지하기 시작했었다.

회귀까지 한 주제에.

손녀뻘도 되지 않는 이 작은 어깨에 내 짐을 옮겨 놓고 있던 것이다.

'그러니까…….'

이번만큼은 내가 짊어지고 가겠다.

방법은 간단하다.

7할은 내 몸에서 중화시키고 오직 3할만 아린이의 몸에서 중화시키는 것이다.

그만큼 아린이의 부담은 덜어지겠지.

이 위험은 오로지 내가 감수해야만 한다.

난 아린이의 몸속에 있는 화기(火氣)를 강제로 흡수하기 시작했다.

동시에 상상 이상의 화기(火氣)가 몸에 들어오면서 혈도가 터질 것만 같았다.

'버텨야 한다.'

화기(火氣)가 혈도를 태우고, 이를 한기(寒氣)로 식히며, 두 기운을 융합한다.

강로로 강화하지 않았다면 극심한 고통에 이미 기절했을지도 모른다.

그러나 나는 더 속도를 올렸다.

'절대 실패할 수 없어.'

두 개였던 혈도의 길을 네 개로 늘리고, 네 개였던 길을 8개로 강제 개통한다.

눈에서 피눈물이 흐르기 시작하고 심장 박동은 극양신공을 처음 사용했을 때보다도 더 빠르게 뛰기 시작했다.

얼마나 시간이 걸렸을까?

아린이의 몸에서 화기가 아닌 딱 원하는 비율로 융합된 기운이 들어오기 시작했다.

됐다.

됐는데…….

왜 다시 눈을 뜰 수 없지?

정신이 심연으로 빠져든다.

무슨 일이 일어난 것인지 기억나지 않는다.

내가 뭘 하고 있었더라?

아니, 내 이름이 뭐더라?

나는…….

그 순간 무언가가 내 얼굴을 잡으며 풍란 향이 코를 간질였다.

"이서하!"

정신이 돌아온 내 앞에서 아린이가 울먹거리고 있었다.

검은 머리에 진한 갈색 눈동자.

내가 알던, 그토록 그리웠던 평범한 유아린이었다.

Chapter 76.

시간이 얼마나 지났을까?

고분 안에서는 그것을 알 길이 없었다.

무사히 만년지극혈보와 만년설삼을 소화한 나와 아린이는 각자 내공을 가다듬었다.

아린이와 운기조식을 할 때는 급해서 신경을 쓰지 못했으나 확실히 영약은 영약이었다.

'한서불침(寒暑不侵)의 경지가 될 줄이야.'

거기다 단전도 전과는 비교할 수 없을 정도로 커졌다.

'만년하수오는 내 저주받은 체질을 평범하게 바꾸기 위해, 공청석유는 몸을 정화하고 내공을 잘 받아들일 수 있는 신체

로 만드는 데 효과를 거의 다 썼었지.'

만년(萬年)이라는 이름이 붙은 영약 중 그 효과를 온전히 내공 증진에 사용한 것은 이번이 처음인 만큼 온갖 영약을 먹어 본 나조차 놀랄 수밖에 없었다.

'왜 다들 이거에 목숨을 거는지 알겠네.'

운기조식을 끝낸 후 손을 들어 기를 발산했다.

푸른빛 불꽃이 손에서 일렁였다.

극양신공 없이 만들어 내는 불꽃.

'화경의 경지.'

영약 한 방으로 기를 자유자재로 변형시키고 사용할 수 있는 경지가 된 것이었다.

그리고 그것은 아린이도 마찬가지였다.

온몸으로 한기를 내뿜고 있던 아린이는 내 시선을 느끼고는 미소를 지었다.

"이것 봐, 서하야. 예쁘지?"

아린이의 주변으로 작은 눈꽃이 생기는 것이 보였다.

지금이야 기운을 약하게 써서 눈꽃이지, 아마 작정하고 기운을 내뿜는다면 공기마저 얼려 버리지 않을까?

이거 생각해 보니 완전히 염제와 빙후가 된 셈이잖아?

왜 두 사람이 천생연분이었는지를 알 것만 같다.

'어지간히 양기와 음기에 익숙한 고수가 아니라면 만년지극혈보와 만년설삼을 먹고 버틸 수 없었을 거야.'

한마디로 두 사람은 천생연분이었다는 말이다.

서로 성장을 도와주는 그런 아름다운 부부가 아니었을까.

'빙탄상애(氷炭想愛). 이 고분에 잘 어울리는 이름이네.'

그렇게 생각할 때 아린이가 말했다.

"슬슬 나가 볼까? 시간이 꽤 많이 지난 거 같은데. 아직 전쟁 중이잖아."

"그렇지."

아린이의 상태가 안정되었으니 이제 전장으로 복귀해도 문제가 없을 것이었다.

하지만…….

"챙길 건 챙겨야지."

아린이를 살려야 한다는 조급함에 보이지 않던 것들이 보이기 시작했다.

무려 염제와 빙후의 고분이 아니던가!

이 안에서 뭐가 나왔는지는 정확하게 알려지지 않았으나 고작(?) 영약 두 개로는 아쉽지!

"한번 싹 훑고 가자."

전쟁도 급하지만 고분 한 번 훑는 데는 반 시진도 걸리지 않으니 말이다.

"아린아, 너는 빙후의 방에 들어가 봐. 난 염제의 방을 좀 찾아볼게."

좋은 보구가 있었으면 좋겠는데 말이다.

난 염제의 방 앞에서 감사 기도를 세 번 올린 뒤 안으로 들어갔다.

"용서해 주십시오. 대선배님."

어차피 귀신은 없지만 예는 차려 줘야지.

그래야 죄책감이 조금은 덜할 테니 말이다.

그렇게 들어간 염제의 방은 잘 정리되어 있었다.

깔끔한 책상과 침대.

책상의 위에는 책 한 권이 올려져 있었다.

"일기장?"

아무래도 염제가 쓰던 일기장인가 보다.

궁금하다.

몇백 년 전 살았던 고수는 과연 어떤 삶을 살았을까?

'그냥 고수도 아니고 무신의 경지였잖아.'

뭔가 수련에 관한 이야기라도 적혀 있지 않을까?

난 나도 모르게 주변 눈치를 보다 일기장을 들어 그 안을 살폈다.

-오늘은 문희가…….

문희가 바로 빙후의 이름인 것만 같았다.

일기 첫 장부터 부인에 대한 이야기라니.

얼마나 사랑이 깊은 것인가?

나는 계속해서 읽어 갔다.

-……양말을 또 뒤집어 놓았다고 집을 얼려 버렸다. 그게 그렇게 화낼 일인지 모르겠다. 탈진할 때까지 수련하면 신경 좀 못 쓸 수도 있지. 내가 그넌 빙후라고 불릴 때부터 알아봤어야 했는데…….

"……."

나도 모르게 넘긴 다음 장에는 이렇게 적혀 있었다.

-결혼기념일을 까먹었다. 얼어 버린 팔을 녹이는 데 반나절이 걸렸다. 내가 고작 기념일 까먹었다고 발로 일기를 써야 하나? 정말 서럽다.

일기장 아랫부분에 얼룩이 있는 건 눈물일까?

그만 읽자.

"금서를 읽어 버렸어."

나는 일기장을 고이 두고 서랍을 열어 보았다.

안에는 색이 바랜 반지가 하나 들어 있었다.

"호오."

딱 봐도 평범한 반지는 아니다. 나는 망설임 없이 반지를 손가락에 끼웠다.

그 순간 온몸의 기가 반지로 빨려 들어가기 시작했다.

"윽!"

이윽고 반지가 부르르 떨더니 안정되며 진한 붉은색을 띠었다.

'이건…….'

일종의 증폭 보구였다.

사용자의 기운을 흡수한 뒤 그것을 증폭시켜 발산할 수 있게 만들어 주는 보구.

간단히 말해 1의 내공을 10으로 만들어 주는 물건이라는 소리다.

물론 이 반지는 양기(陽氣) 한정인 것만 같지만 그것만으로도 충분하다.

난 양기(陽氣)만 사용하는 사람이니 말이다.

"좋은 걸 얻었네."

그나저나 무기 같은 건 없다.

아무리 영웅의 예를 차려도 염제나 빙후가 썼던 무구를 전부 묻지는 않은 모양이다.

"아쉽긴 하지만."

영약에 반지까지 챙겼으니 만족하자.

욕심이 과하면 대머리 된다는 속설도 있지 않은가?

그렇게 수색을 끝내고 밖으로 나가자 아린이가 보였다.

그녀는 파란 반지를 만지작거리다 나를 보며 웃었다.

"서하야! 이거 봐. 반지야. 예쁘지?"

"오!"

내가 찾은 반지랑 완전 똑같이 생겼는데?

잠깐.

염제와 빙후가 사용하던 무구는 같이 안 묻었으면서 똑같이 생긴 반지만 각자의 방에 묻었다?

그렇다면 결론은 하나였다.

'결혼반지구나.'

뭔가 굉장히 미안해지기 시작했다.

"감사의 기도를 올리자. 아린아."

그렇게 아린이와 함께 감사의 기도를 올리고 고분 밖으로 나가려고 할 때였다.

"그런데 염제라는 사람 되게 별로였나 봐."

"왜?"

"결혼기념일도 안 챙겼다던데? 그래서 엄청 슬펐다는 일기가 있더라고."

"……아린아. 너는 남편이 기념일 안 챙기면 어떻게 할 거야?"

"서하 너는 안 챙겨도 돼. 그런 게 뭐가 중요해."

남편이라고 물어봤는데 내 이름이 나왔다.

오히려 그게 더 부담된다.

그래도 다행이다.

'팔이 얼어 버리진 않겠네.'

그렇게 고분을 빠져나온 나는 화제를 돌렸다.

"자, 이제 상혁이 좀 도와주러 가자."

나와 아린이가 빠져서 꽤 힘들어하고 있을 것이다.

'기다려라. 상혁아.'

이 형님이 화경의 고수가 되어서 가고 있으니까.

◆ ◈ ◆

관문.

정이준은 반란군의 무사들과 함께 육포를 뜯으며 깔깔거렸다.

"하하하, 형님 동네에 소면 잘 마는 아줌마 있지 않습니까? 이야, 진짜 제국 최고 수준이더군요."

"오? 그 아줌마 알아?"

"딱 한 번 가 봤습니다. 아주 맛이 그냥 어우. 그 맛은 잊지 못하죠."

"하하하, 그렇지? 전쟁 끝나면 한번 같이 가세."

"그 말 꼭 기억하고 있을 겁니다, 형님. 절대 잊지 마이소."

한상혁은 자연스럽게 대화하는 정이준을 바라봤다.

보급 전투 당시, 적이 도망치자 정이준은 시신에서 옷을 빼앗아 갈아입은 뒤 말했다.

"쫓지 말고 갈아입으세요."

"뭐?"

"적의 내부로 들어갈 겁니다. 저 혼자서는 무서우니까 빨리 갈아입으세요."

"무섭다고?"

정이준은 고개를 끄덕였다.

"네, 무서워서 같이 가야겠어요."

전혀 무서워하는 얼굴이 아니었다.

"그리고 민주 선배도 같이 갑니다."

"나? 나, 나는 도움이 안 될 텐데? 이번에도 아, 아무것도 못 했잖아. 나는 안 될 거야."

"민주 선배가 없으면 안 됩니다. 자세한 건 가면서 알려 드릴게요."

"……."

민주는 침을 삼키고는 고개를 끄덕였다.

그렇게 정이준과 한상혁, 그리고 박민주는 도망치던 반란군 무사들과 합류해 무사히 관문에 들어올 수 있었다.

상혁은 기회를 봐 정이준에게 물었다.

"그 동네 소면 아줌마는 어떻게 알아? 너 진짜 요령성 출신이야?"

"에이, 각 동네에 소면 잘 마는 아줌마는 한 명씩 있죠. 원래 다들 자기 동네 맛집이 최고 맛집이라고 생각하는 법입니다. 우리 왕국에도 동네마다 국밥 맛집 하나씩 있잖아요. 안 그래요? 그 산골 은악에도 있었을 텐데?"

"있지. 국밥 잘하는 아줌마."

"왕국 제일이죠?"

"왕국 제일이지."

"그렇다니까요."

정이준은 킥킥거리다 말했다.

"사기 어렵지 않아요. 그냥 당당하면 됩니다."

"그래, 네 똥 굵다. 그래서 어떻게 할 생각이야?"

"원래는 정보를 좀 찾아서 몰래 빠져나가려고 했는데, 이게 웬걸……."

정이준은 고개를 돌려 나무 울타리 안에 갇혀 있는 여옥비를 바라봤다.

"저기 우리 쪽 핵심 인물이 잡혀 있는 거 아닙니까? 구해서 나가죠."

"그래야지. 한시라도 빨리 구해 드려야지."

한상혁은 고개를 끄덕였다.

여옥비는 모두가 볼 수 있는 곳에 손이 묶인 채 갇혀 있었다.

안이 훤히 들여다보이는 탓에 몇몇 개념 없는 무사들은 가까이 다가가 구경하며 여옥비를 희롱할 정도였다.

"나가는 김에 저놈들도 죽이고 싶네."

"그럼 안 되죠. 몰래 나가야 하는데. 저렇게 허술해 보여도 여기 있는 무사들 전부가 감시하고 있는 셈입니다. 어쭙잖게

빼내면 무조건 들켜요."

"계획이 있냐?"

"단순하죠. 그냥 밤에 보초만 딱 죽이고 빼내서 달리면 그만 아니겠습니까? 우리한테는 광명대에서 가장 멋있고 잘 싸우는 한상혁 선배님이 있는데 뭐가 걱정입니까?"

"네가 아직 덜 맞았구나?"

"가장 멋있다는 건 진심입니다. 잘생기셨잖아요."

"하아……."

말로는 이 녀석을 이길 수 없다.

"그래, 그렇게 진행하자."

"역시 우리 상혁 선배. 결정이 빠르셔. 그럼 바로 작전을……."

"어이! 정 동생! 여기 와서 한잔해."

정이준은 미소와 함께 반란군 무사들을 가리키며 말했다.

"한잔하고 와서 알려 드리죠."

"가라. 가."

도대체 정이준이 무슨 생각을 하는지 도통 알 수 없는 한상혁이었다.

◆ ◈ ◆

밤이 오고 한상혁은 복면을 썼다.

정이준의 작전은 간단했다.

자기가 손재주로 이목을 끌 테니 그때 몰래 여옥비를 데리고 나가라는 것이었다.

"바로 눈치챌 텐데?"

"시중드는 여자한테는 미안하지만 대신 묶어 놓으세요. 적어도 일각은 벌겠죠."

"너무 위험한 거 아니야?"

"위험해도 어쩔 수 없습니다. 전쟁 중에 위험하지 않은 일이 있습니까?"

한상혁은 고개를 끄덕였다.

정이준의 말대로 전쟁터에 위험하지 않은 임무는 없다.

"민주 선배에게는 선배가 아가씨를 데리고 도망칠 때 뒤를 봐 달라고 했으니 걱정하지 마세요."

민주가 뒤를 봐 준다면 충분히 도망갈 수 있을 터였다.

"안 자는 무사들의 시선은 제가 끌겠습니다."

그리고 정이준은 바로 행동에 나섰다.

"자자, 보셨다시피 이 모자 안에는 아무것도 없었습니다! 그런데 짜잔!"

모자에서 비둘기가 나타나 하늘로 올라갔다.

"오오오오!"

"뭐야? 뭐야? 비어 있었잖아?"

"마술(魔術)의 세계에 오신 걸 환영합니다!"

"다른 거! 다른 걸 보여 줘!"

"하하하, 기다리시죠. 밤은 기니 말입니다."

이미 10번은 본 속임수이기에 한상혁은 뒤도 돌아보지 않고 자기가 할 일을 했다.

먼저 여옥비의 시중을 드는 여자를 찾는다.

"실례하겠다. 포로가 물을 달라고 하더군."

"그년은 그냥 좀 자지. 알겠습니다. 기다리세요."

소자현이 잘 대해 주라고 신신당부를 한 탓에 여자는 투덜거리면서도 명령에 따를 수밖에 없었다.

한상혁은 여자를 따라 울타리 안으로 들어갔다.

그리고 물을 주기 위해 여옥비 앞에 무릎을 꿇는 여자의 목을 내려쳤다.

"여기 물……. 윽!"

여자가 앞으로 고꾸라지고 상혁은 빠르게 여옥비에게 말했다.

"광명대 한상혁입니다. 모시겠습니다."

"광명대……."

지친 여옥비가 한상혁을 올려 보고는 놀란 표정을 지었다.

"자, 잠깐……."

"걱정하지 마세요. 나갈 수 있을 겁니다."

"뒤에!"

"뒤?"

그 순간 목에 서슬 퍼런 검날이 닿았다.

조심스럽게 고개를 돌린 그곳에는 소자현과 양전이 서 있었다.

"……."

지휘관급이 왜 여기에?

한상혁이 당황하는 사이 소자현이 말했다.

"정말로 동료를 팔아넘겼을 줄이야."

비릿하게 웃은 소자현은 고개를 돌려 한 남자를 바라봤다.

"네 말대로구나. 건창현 출신, 아니, 아니. 왕국 출신……."

걸어 나오는 남자를 본 한상혁은 자신의 눈을 믿을 수 없었다.

"정이준."

광명대의 막내가 소자현과 나란히 서 있었다.

한상혁은 가만히 정이준을 바라보다 말했다.

"정이준, 네가 왜……."

"나 참, 왜 이렇게 당황하는 건지 모르겠네요. 선배."

정이준은 비열하게 웃으며 한상혁의 앞에 쭈그려 앉았다.

"나를 그렇게 굴려 놓고 이런 상황이 안 올 줄 알았어? 그쪽 때문에 하루하루가 지옥 같았다고. 알아?"

정이준은 바닥에 침을 뱉고는 말했다.

"죄를 지었으면 그 죗값을 받아야지."

한상혁은 이해할 수 없다는 듯 막내를 바라봤다.

하루하루가 지옥 같았던 것은 인정한다.

매일 철혈님 방식으로 수련을 시켰으니까.

하지만 결국 수련을 시켜 준 셈이 아닌가?

물론 막내가 고생하는 걸 보면서 즐거워했던 건 인정할 수밖에 없지만…….

"그건 다 너 잘되라고……!"

"닥쳐! 그딴 말 듣기 싫으니까."

정이준은 자리에서 일어난 뒤 소자현에게 말했다.

"하고 싶은 말은 다 했습니다."

"그래? 그럼 포박해라."

소자현의 말에 뒤에 있던 무사가 쇠사슬을 가지고 왔다.

무사인 한상혁을 밧줄 같은 걸로 포박할 수는 없는 일이었으니까.

그러나 한상혁은 사슬을 보고 속으로 쾌재를 불렀다.

'저 정도면 끊을 수 있겠어.'

만변무신공에는 포박을 풀어내는 방법이 무려 72가지나 적혀 있다.

쇠사슬로 아무리 잘 포박하더라도 한상혁은 그것을 풀어낼 자신이 있었다.

하지만 정이준이 혀를 차며 그 기대감을 무너뜨렸다.

"그걸로는 저 괴물 같은 선배를 묶어 둘 수 없습니다. 이걸로 하시죠."

정이준은 품속에서 강철로 된 수갑을 하나 꺼냈다.

두꺼운 강철 팔찌가 두 개 붙어 있는 모양의 수갑이었다.

그와 동시에 단검을 꺼낸 정이준은 수갑을 있는 힘껏 내려치며 말했다.

"이 정도는 되어야……."

캉! 하는 소리와 함께 불꽃이 일어나며 단검이 부러졌다.

"저 사람을 포박했다고 할 수 있죠."

"호오."

소자현은 미소를 지었다.

"아주 원한이 많나 보구나?"

"말해서 뭐 합니까?"

한상혁은 한술 더 뜨는 정이준을 향해 외쳤다.

"너 이 새끼! 내가 절대 가만히 안 둔다!"

"그럴 수나 있겠습니까, 선배?"

정이준은 한상혁을 직접 포박한 뒤 일어나며 그의 머리를 쓰다듬었다.

"정이주우우우운!"

그렇게 한상혁은 여옥비와 함께 구경거리가 되어 감금되었다.

◆ ◈ ◆

한바탕 소동이 지나가고 정이준은 소자현과 양전을 따라 관문장들이 살았던 저택으로 들어갔다.

밖에서 본 것과는 차원이 다른 음식들을 본 정이준은 히죽 웃으며 자리에 앉았다.

"뭘 이런 것까지 다 준비해 주시고."

"소중한 정보원인데 이 정도는 대접해 줘야지. 그래, 일단 먹으면서 이야기해 볼까?"

"잘 먹겠습니다!"

정이준은 사양하지 않고 게걸스럽게 음식을 먹기 시작했다.

그리고 어느 정도 식사가 무르익자 소자현이 말했다.

"그럼 슬슬 의견을 들어 보지. 저 한상혁이라는 놈을 왜 살려 둬야 하는지 말해 주겠나?"

정이준은 고개를 끄덕였다.

"그건 말입니다. 저놈이 우리 광명대 개차반 이서하와 죽마고우이기 때문이죠."

"그래서? 별로 살려 줘야 하는 이유가 되지 않는 거 같은데."

"소 대장님은 죽이고 싶지 않습니까? 부하를 죽인 이서하를 말입니다."

순간 소자현의 표정이 굳었고 정이준은 말실수를 했다는 걸 직감한 듯 어쩔 줄 몰라 하는 표정을 지었다.

"아……, 그게. 모르고 계셨나 보군요. 죄송합니다."

"계속하지."

"장용 장군님이 죽었습니다. 이서하한테 말이죠. 정확히는 이서하와 유아린한테 당하신 거 같습니다."

"직접 당하는 걸 보았나?"

"아뇨, 들었습니다."

정이준은 입을 닦으며 말했다.

"이서하를 뒤따라갔던 서아라라는 선인이 그러더군요. 장용 장군님이 죽어 있었다고요."

"……."

"이서하는 요령성 사람이 아니니 여옥비를 구하러 오지 않겠죠. 그냥 후퇴할 겁니다. 그러니까 한상혁을 인질로 잡아야죠."

"죽마고우라면 그냥 죽여도 알아서 복수하러 오지 않겠나?"

"그렇겠죠? 하지만 이서하는 왕국 최고의 기린아(麒麟兒)입니다. 그렇게 감정에 휘둘리는 사람이 아니에요. 만약 한상혁을 죽이면 일단 후퇴한 뒤 만반에 준비를 갖춰 복수하러 올 텐데, 굳이 그렇게 준비할 시간을 줄 필요가 있을까요? 전 없다고 보는데. 지금 우위를 점하고 있을 때 후환도 없애시죠. 제 후환이기도 하니까."

"일리가 있군."

"또 저 한상혁은 이서하에게 의형제 같은 놈이니 눈앞에서 죽여 복수를 하는 게 옳지 않겠습니까? 놈에게도 형제를 잃는 기분을 느끼게 해 줘야죠."

소자현은 고개를 끄덕였다. 정이준은 슬쩍 눈치를 보다가 침울한 목소리로 말했다.

"장용 장군님의 일은……."

"신경 쓰지 마라. 난세에 나온 자라면 목숨을 걸어야지. 그리고 다 먹었으면 나가 봐라."

"저 조금 더 먹고 나가면……."

정이준은 그렇게 중얼대다가 소자현의 표정을 보고는 벌떡 일어났다.

"안 될 거 같네요. 그럼 나가 보겠습니다. 충성!"

그렇게 정이준이 나가자 양전이 말했다.

"저놈을 믿습니까?"

"반은. 일단 밀고는 제대로 한 셈이니. 하지만 저 새끼 말이 너무 많아."

소자현은 정이준이 나간 문 쪽을 노려보며 덧붙였다.

"말 많은 놈들은 믿어선 안 돼. 당분간 네가 붙어서 감시해. 난 잠시 람다 님에게 다녀오마."

"네, 형님."

저택에서 나온 소자현은 관문 한편에 있는 사당으로 향했다.

그리고 그 안에는 화려한 옷을 입은 람다가 앉아 있었다.

"또 무슨 일이냐?"

"현천(玄天)을 뵙습니다."

공손하게 인사한 소자현은 바로 본론을 꺼냈다.

"장용이 죽었다는 것을 왜 말씀하시지 않으셨습니까?"

"내가 보고라도 해야 해? 넌 네 집의 파리가 죽으면 하인한테 보고하는 모양이구나."

"……죄송합니다. 제 생각이 짧았습니다."

소자현은 씁쓸하게 웃다가 말을 이었다.

"그러면 장용에게 주신 힘도 돌아왔겠군요."

"물론이지."

"그걸 저한테 주시면 안 되겠습니까?"

"굳이 힘이 더 필요해? 충분히 준 거 같은데?"

"원래 놀이라는 게 이겨야 제맛 아니겠습니까?"

"너 그러다 죽어. 격에 안 맞는 힘은 몸을 갉아먹지. 폭주하며 우리와 싸우던 인간들처럼 말이야."

"상관없습니다. 어차피 오래 살아서 좋은 세상도 아닌데요."

"주는 거야 상관없지만 꽤 즐거워 보인다? 너."

"제가요? 동생이 죽어서 아주 슬픈 상태입니다."

소자현은 미소를 지었다.

태생적으로 그는 두뇌 싸움을 좋아했다.

힘이 없었을 당시에 그가 가장 사랑하던 것이 장기였을 정도이니 말이다.

그렇게 매일 장기를 두며 적수가 없어졌을 때 소자현은 생각했었다.

현실에서도 이런 두뇌 싸움을 하고 싶다.

그러나 모두가 동등한 상태로 시작하는 장기와 달리 현실은 녹록지 않았다.

상대는 차(車), 마(馬), 상(象)이 다 있는 반면 이쪽은 졸

(卒) 하나만 가지고 싸워야 하니 결코 이길 수 없었다.

그러나 기회만 된다면, 최소한의 조건만 갖추어진다면 꼭 한 번 해 보고 싶었다.

이 세상에서 가장 재밌는 두뇌 싸움.

전쟁을 말이다.

그리고 지금 소자현은 장군을 불렀다.

절대로 타파해 낼 수 없는 장군을 말이다.

그런데 새로운 적수가 나타났다.

'이서하!'

처음 봤을 때부터 심상치 않다고 했더니 상상치도 못한 괴물들이었을 줄이야.

"부디 부탁합니다. 현천이시여."

람다는 흥미롭게 소자현을 바라보다 손을 뻗었다.

"그래, 한번 신명나게 놀아 보도록 하라."

이윽고 엄청난 기운이 소자현의 몸에 깃들기 시작했다.

본진으로 돌아온 나는 입맛만 다시며 진을 둘러보았다.

초상집 그 자체다.

아니, 그 이상이겠지.

'결국 최 가주님이 죽었구나.'

운명을 바꾸는 것이 힘든 일이라는 걸 새삼 알게 되었다.

한숨만 나오는 상황이었으나 내 발등에도 불이 붙은 상황이었다.

"지율이만 남았네."

광명대원 중 자리를 지키고 있는 건 지율이뿐이었다.

상혁이와 민주, 그리고 우리 막내는 관문으로 잠입한다는 말만 하고 사라졌다고 한다.

그래도 정이준이 함께 있으니 그럴듯한 계획이 있지 않을까?

'무슨 계획일지는 알 수 없지만 말이야.'

걱정이 앞서는 순간이었다.

바람 소리와 함께 어디선가 화살이 날아와 내 발 옆에 꽂혔다.

"선인님! 괜찮으십니까?"

주변 무사들이 놀라 달려왔지만 난 손을 들어 그들을 진정시켰다.

'민주가 쏜 거다.'

민주의 화살은 특별해서 한눈에 알아볼 수 있었다.

연철을 수백 번 두드려 만든 것으로 무게는 최소화하고 강도는 최대한으로 올린 화살.

일반 목제 화살은 민주가 사용하는 강궁의 힘을 버틸 수 없었으니 말이다.

난 화살을 뽑아 그 끝에 달린 쪽지를 확인했다.

쪽지에는 지금까지 관문에서 있었던 일과 앞으로의 계획

이 상세하게 적혀 있었다.

그때였다.

"뭐냐? 너희?"

서아라가 나를 발견하고는 다가왔다.

"정말 멀쩡해져서 왔네?"

허탈하게 웃은 그녀는 회의 천막 안으로 들어가며 말했다.

"아, 네 옆에 흰둥이 얘기는 안 했다. 그냥 싸우다 보니 흩어져 버렸다고만 보고했어. 이건하가 알아서 좋을 얘기는 아니니까. 너 나한테 빚진 거야. 잊지 마라."

"감사합니다."

확실히 이건하가 알아서 좋을 이야기는 아니었으니 말이다.

그렇게 회의실 안에 들어가서 잠시 기다리자 이건하가 천막을 젖히며 들어왔다.

가장 먼저 나와 눈이 마주친 이건하는 무표정하게 말했다.

"살아 있었나?"

왠지 죽기를 바라고 있었다는 듯한 말투다.

그런데 어쩌나? 당신 사촌은 살아 돌아왔는데.

"고생 좀 했습니다."

"그래? 그런 것치고는……."

이건하는 나를 훑어보았다.

아마 나와 아린이의 기운이 달라진 걸 느꼈겠지.

"아니다. 다른 사람들이 들어오면 상황을 알려 주마."

이윽고 이재민과 최도원이 들어왔다.

최 가주님이 죽은 후 최도원이 계명의 무사들을 이끌고 있었다.

최도원은 나에게 살짝 고개를 숙여 인사를 했다.

"살아 돌아오셔서 다행입니다. 선인님."

"고마워. 아버님 일은……."

"괜찮습니다."

최도원은 최대한 무덤덤하게 말했다.

"전쟁이니까요."

광기 어린 눈빛.

이미 슬픔을 분노가 먹어 버린 상황이었다.

한순간에 아버지를 잃고 거기에 사랑하는 사람까지 납치된 상태였으니 충분히 이해는 간다.

회귀 전, 전쟁광 최도원의 모습이 저렇지 않았을까?

그렇게 조촐해진 회의가 시작되고 이건하가 말했다.

"반란군에서 이런 걸 보내왔다."

이건하가 내민 서신은 간단했다.

이제부터 반란군은 요령성 수비군으로 정식 임명되었으니 왕국군은 그대로 철수하라는 것이다.

그리고 말미에는 여옥비의 지장이 딱 찍혀 있었다.

'애초에 이러려고 납치했겠지.'

요령성주 여자신이 죽은 이상 정식 요령성주는 그의 딸인 여옥비가 된다.

그녀의 말 한마디면 반란군도 정식 수비군으로 탈바꿈하는 게 가능하다는 거지.

“정식 수비군과 싸우면 이건 왕국의 침략 전쟁이 되어 버린다. 보내 줄 때 가야지.”

이건하의 말에 모두가 고개를 끄덕였으나 최도원은 달랐다.

“이대로 물러날 순 없습니다!”

최도원의 광기를 본 이건하는 고개를 끄덕였다.

“내가 총대장이니 명령은 내가 내린다. 네가 원하든 원하지 않든 왕국군은 물러난다.”

“총대장님! 이렇게 당하고 갈 것입니까? 아버지가 죽었습니다. 왕국 4대 가문의 가주가 죽었다고요! 복수하기 전까지는 물러날 수 없습니다.”

“개인의 복수는 개인이 하도록. 왕국군을 이용하지 마라.”

이건하의 말에 최도원은 망연자실한 얼굴로 나를 돌아봤다.

뭐라도 해 달라는 것만 같았다.

‘이건하의 말이 정설이긴 하지.’

재수는 없지만 틀린 말은 안 하는 놈이다.

이건하의 말대로 여옥비의 지장이 찍힌 공문이 있는 이상 전투가 지속되면 자칫 국가 간의 문제로 비화될 수 있다.

하지만 전쟁만 안 하면 되는 거 아닌가?

나는 최도원을 힐끗 보고는 입을 열었다.

"여옥비 아가씨만 구해 내면 되는 일 아닙니까? 구해 내서 다시 명분을 우리 것으로 가져오면 보급도 확보했겠다 전쟁을 이어 나가지 못할 이유가 없죠."

"그래, 그 말도 맞다. 하지만 어떻게? 관문의 성벽은 높고 사각이 없지. 아무리 최정예를 뽑아 잠입시키려 해도 성벽을 채 오르지 못하고 죽을 것이다. 성공 가능성이 없는 작전에 무사들을 투입시킬 수는 없다."

"옳은 말씀입니다. 하지만 안에 협력자가 있다면요?"

"협력자?"

"저의 광명대원들이 지금 관문 안에 잠입해 있습니다."

나는 박민주가 보낸 쪽지를 이건하에게 건넸다.

쪽지의 내용은 이렇다.

-금일(今日) 자시(오후 11시)까지 서쪽 성벽을 정리해 둘게. 북쪽 성벽을 타고 잠입해. 꼭 와야 해! 민주가.

누가 봐도 자기가 보낸 거라고 볼 수밖에 없는 쪽지에 이름까지 적은 민주였다.

"최 가주 대리님의 말대로 이대로 갈 수는 없지 않겠습니까? 패배로 기록될 텐데요. 총대장님."

"……."

"잠입은 누가 할 생각이지?"

"광명대가 하겠습니다. 여기 셋. 그리고……."

"나도 가지."

"저도 가겠습니다!"

서아라와 최도원까지 일어나자 이건하는 혀를 차며 말했다.

"그래, 그럼 시도해 봐라. 실패하면 바로 후퇴할 생각이니 원망하지 말고."

"여부가 있겠습니까?"

내가 없는 동안 진 빚을 갚아 줄 때가 되었다.

결정이 나자마자 잠입조가 만들어졌다.

일단 남은 광명대원들과 굳이 나를 지키겠다며 따라오겠다는 서아라, 그리고 아버지의 복수를 위해 이를 갈고 있는 최도원이었다.

"미안한 말이지만 이성을 유지할 수 없으면 데리고 갈 수 없어."

"압니다."

최도원은 나의 경고에 굳은 얼굴로 말했다.

"저 그렇게까지 미숙한 놈 아닙니다. 제가 할 수 있는 일은 많지 않을 겁니다. 끽해 봤자 일이 잘못되었을 때 고기 방패로 쓰이는 것뿐이겠죠. 그래도 상관없습니다. 무슨 일이든 괜찮으니 같이 갈 수 있게만 해 주세요."

최도원은 냉혹한 현실을 잘 알고 있었다.

최 가주님조차 이겨 낼 수 없었던 소자현을 그가 벨 수 있을 리가 없으니까.

그럼에도 사지를 자처하는 이유는 한마디로 뭐라도 해야겠다는 것이다.

"그래, 그럼 잘 따라와."

그렇게 잠입조가 결정되고 이건하가 말했다.

"일이 잘못되어도 구출은 없다. 그 점은 확실하게 알고 들어가도록."

"물론입니다."

맞는 말인데 뭔가 이건하가 말하니까 재수가 없군.

그렇게 자시(오후 11시)가 되고 나는 다른 이들을 기다리며 반지를 살폈다.

"여기에 기운이 다 들어가긴 했는데……."

도대체 방출은 어떻게 하는 거야?

이게 도굴꾼의 고뇌인가? 애초에 내 물건이 아니다 보니 사용하는 방법을 모르겠다.

일단 힘부터 줘 볼까?

"흐읍!"

온몸에 힘을 주어 기를 밀어내면…….

"똥 마렵냐?"

저런 말을 들을 수 있다.

나는 뒤에서 걸어오는 서아라를 힐끗 돌아보며 반지를 숨졌다.

"준비되셨습니까?"

"되긴 했는데……."

서아라는 성벽이 있는 곳으로 시선을 돌리며 말했다.

"성벽 타는데 화살 날아오면 엄청 귀찮아진다. 알고 있지?"

"그럴 일 없을 겁니다. 제 친구들이 다 정리해 놓는다고 했으니까요."

"그러니까 친구라고 해 봤자 상급 무사 둘에 하급 무사 하나잖아. 가능하겠어? 선인급 셋이서도 힘들 텐데."

평범한 무사들이라면 그렇겠지.

하지만 내 친구들은 다르다.

왕국 최고의 재능 한상혁과 궁신의 경지를 향해 빠르게 달려가고 있는 박민주, 그리고 그냥 하급 무사 정이준이 함께 아닌가?

마지막에 이상한 게 껴 있지만, 신경 쓰지 말자.

앞에 둘이 다 하겠지.

이윽고 잠입조 모든 인원이 준비를 마치고 나왔고 우리는 곧장 성벽으로 향했다.

성벽까지 가는 건 그리 어렵지 않다.

어둠 속에 몸을 숨겨 이동하면 민주 정도로 눈이 좋지 않은 이상 누군가 다가온다는 것을 알 수 없을 테니 말이다.

하지만 문제는 성벽 앞이다.

횃불이 성벽을 밝히고 있어 다가가는 순간 들킬 것이 뻔했다.

빛이 닿지 않는 곳에서 잠시 멈춘 나는 양쪽 성벽을 바라봤다.

'분명 서쪽 성벽이라고 했는데.'

서쪽 성벽 위에 반란군 무사들이 걸어 다니는 것이 보였다.

'그렇다면…….'

나는 육감을 발동해 반대편 성벽을 살피고 나서야 민주의 의중을 깨달았다.

아니, 정확하게 말하면 이준이의 의중일까?

"계획대로 서쪽 성벽을 탑니다."

"위에 보초들이 있는데?"

"아래를 내려다보지 않는 이상 우리를 발견할 수는 없을 겁니다. 성벽을 오르자마자 전원 제압하면 경보를 울릴 수도 없겠죠."

"반대편은?"

"이미 다 제압했습니다."

"뭐?"

난 고개를 갸웃하는 서아라를 뒤로하고 성벽을 타 올라갔다.

서아라는 이서하의 신호에 따라 성벽을 오르기 시작했다.

확실히 반대 성벽에서 기척이 느껴지지 않았다.

몇몇 무사들이 서 있는 것이 보였으나 이들은 미동조차 없다.

'이미 죽은 건가?'

그렇게 생각하는 사이 성벽 끝자락에 붙어 있던 이서하가 수신호를 내렸다.

그와 동시에 광명대원인 주지율과 유아린이 뛰어오르며 무사들을 제압하기 시작했다.

"무슨……!"

놀란 무사들은 외마디 비명조차 지르지 못하고 제압되었고 서아라는 후배들의 움직임을 면밀하게 살폈다.

'실력이 좋은 건 알고 있었지만…….'

유아린은 물론 주지율 또한 보통 상급 무사라고 보기는 힘들 정도였다.

'백의 선인 중에서도 강한 편이겠네.'

선인 시련이 일종의 통과 의례처럼 쉬워진 지금 주지율만한 실력자도 많지 않은 것이 사실이었다.

이윽고 정신을 집중하던 이서하가 말했다.

"전부 제압했으니 일단 대기한다."

그러자 서아라가 장난스럽게 말했다.

"꼭 네가 대장인 것처럼 말한다?"

"제가 대장이죠. 광명대가 받은 임무니까요."

"뭐야? 그럼 내가 지금 임시 광명대가 되었다는 거야?"

"그렇게 되겠네요."

"어머, 그럼 내가 막내겠네? 이 나이에 막내도 해 보고 너무 좋은데?"

그렇게 너스레를 떨던 서아라는 슬쩍 반대편 성벽을 바라봤다.

"근데 말이야. 반대편은 누가 제압한 거야? 쉽지는 않았을 텐데."

먼저 관문에 잠입한 것이 3명이라고 했던가?

그 셋이서 제압을 했을까?

"합류해서 가는 게 낫지 않아?"

"합류할 수 없을 거예요. 저건 민주가 제압한 거라."

"민주?"

누군지 기억도 안 난다.

"저희 광명대에 여자 대원 하나 더 있지 않습니까?"

"아!"

그 수레 밑에서 벌벌 떨던 애.

서아라는 박민주를 그렇게 기억하고 있었다.

그런데 그 애가 다 제압했다고?

궁금증이 생긴 서아라는 손가락으로 반대 성벽을 가리키며 말했다.

"나 저기 가서 보고 온다."

"잠깐……!"

이서하가 안 된다고 말하기도 전에 그녀는 반대 성벽으로 향했다.

어차피 성벽은 전부 정리된 상태였으니 거리낄 것도 없지 않은가?

그렇게 도착한 반대 성벽.

서아라는 눈앞에 펼쳐진 광경에 할 말을 잃고 그대로 멈췄다.

"뭐야?"

쓰러진 무사들의 머리가 뚫려 있었고 성벽에 서 있는 이들은 화살로 고정이 된 상태였다.

서아라는 성벽에 고정된 무사를 살피고는 침을 삼켰다.

"철 화살……."

일반적인 화살은 아니었다.

아니, 화살이 문제가 아니다.

'말도 안 돼.'

아무리 뛰어난 궁사라도 다수를 암살하는 것은 불가능하다.

이유는 간단하다.

한 번에 한 명밖에는 공격할 수 없기 때문이다.

'뛰어난 궁사라면 둘이나 셋도 죽일 수는 있겠지만…….'

그 이상은 절대 불가능하다.

공격에 시차가 생기기 마련이니 말이다.

평범한 궁사라면 세 명 정도를 제거했을 때 침입자를 알리는 봉화가 오르든, 종이 울리든 했을 것이다.

그러나 박민주는 경보를 허용하지 않고 정확히 15명의 보초를 제거했다.

'이게 어떻게 가능하지?'

속사(速射)? 아니면 한 번에 화살 15개라도 쏘아 전부 명중시킨 것일까?

무슨 가정이든 말이 되지 않는다.

인상을 쓰며 고민하던 서아라는 자리에서 일어났다.

'뭐야? 이 부대?'

아무래도 이거 이서하만 신경 쓰고 있을 게 아니었다.

백성엽 장군님은 이서하 하나만을 높게 평가하고 있었던 것 같지만 그러고 있을 때가 아니었다.

화경의 고수를 단숨에 제압할 만큼의 음기 폭주를 일으키고도 정상으로 돌아온 유아린.

15명을 암살한 궁사 박민주.

둘 다 이서하만큼 규격 외의 인재였다.

'일단 돌아가자.'

상황이 상황인 만큼 오랫동안 조사를 할 수는 없었다.

다시 서쪽 성벽으로 돌아오자 쪽지를 읽고 있던 이서하가 말했다.

"보고 오셨습니까?"

"다 죽어 있던데? 화살 맞아서."

"제가 다 제압했다고 했잖아요."

"신기한 방법으로 제압했던데?"

이서하는 대수롭지 않게 어깨를 으쓱한 뒤 쪽지로 시선을 돌렸다.

“거기 쪽지에는 뭐라고 적혀 있어?”

“이다음 계획이요.”

“알려 줄 수 있나?”

“일이 다 끝나면 자세하게 알려 드리죠.”

“사람 막 부려 먹네? 그래도 계획은 좀 알자. 나도 이제 광명대 막내인데. 어때? 어때?”

이서하는 대답 없이 미소를 지었고 서아라는 입맛을 다시다 표정을 굳혔다.

‘광명대……’

아무래도 이서하 혼자 모든 것을 처리하는 그런 부대는 아닌 것만 같았다.

‘도대체 어디서 튀어나온 거야?’

보고할 게 점점 늘어나는 기분이었다.

잠입조가 성벽에 올라온 그 시각.

양전은 정이준과 함께 술을 마셨다.

“이서하 그 개새끼! 진짜! 무슨 원한이 있는지 나를 지 부대까지 넣은 거 아니겠습니까? 봤죠? 우리 부대는 자살 특공

대나 다름없습니다. 막, 그냥 칼에 목을 들이대는 그런 부대. 이해하시죠?"

"평소 쌓인 게 많구나?"

"그럼요. 지금까지 몇 번을 죽을 뻔했는지 모르겠습니다. 이번 원정도 그래요. 제가 왜 제국까지 와서 이 개고생을 해야 합니까?"

"그렇지. 남의 나라까지 와서 말이야."

"제 말이 그겁니다!"

정이준이 항복해 온 이후 양전은 항상 그와 함께였다.

한상혁을 밀고한 것이 일종의 기만책일 수도 있으니 말이다.

그러나 온종일 같이 다녀 본바 정이준은 광명대를 배신한 것이 확실했다.

'한상혁과 여옥비에게는 시선도 주지 않는다. 의식할 만한데 말이야.'

거기다 술을 마시며 대화를 나누어 본 결과 정이준이 배신할 이유는 충분했다.

공을 세우는 데 혈안이 된 미친 대장과 막내를 시도 때도 없이 부려 먹는 선배들.

신체적으로나 정신적으로 매일 학대를 당한 꼴이니 악의를 갖지 않는 것이 이상할 정도였다.

"이서하 그놈 청신 출신만 아니었으면 한 대 치는 건데, 진짜."

"우리 이준이 그랬구나?"

서늘한 목소리에 정이준의 얼굴이 하얗게 질렸다.

이윽고 저편에서 누군가 다가오는 발소리가 들려왔다.

손목을 빙글빙글 돌리며 걸어오는 남자.

정이준은 그 남자의 정체를 알아차리고는 소스라치게 놀라며 일어났다.

"이, 이, 이, 이서하……!"

양전은 놀란 듯 정이준을 보고는 다시 이서하에게 시선을 돌렸다.

어떻게 들어온 것일까?

성벽을 넘기는 쉽지 않을 것이며, 설사 어떻게 성벽을 넘어 들어왔다 하더라도 어떤 식으로든 경보가 울렸을 것이다.

아니, 눈앞까지 당도한 지금 걱정할 건 그게 아니었다.

'장용 형님을 죽인…….'

이서하 혼자 죽인 것은 아니라고 하지만 이서하가 뿜어내는 기운은 장용을 죽이고도 남을 정도였다.

'내가 이길 수는 없다.'

세 형제 중 가장 약한 양전이 상대할 수 있는 적이 아니었다.

소자현 형님을 불러와야 한다.

하지만 어떻게?

여기서 도망을 치려고 한다면 저 괴물이 자신을 쫓아올 것이 분명했다.

하지만 그 순간 정이준이 먼저 움직였다.

"나, 나는 돌아가지 않을 거야!"

그렇게 이서하에게 달려드는 정이준.

'저 멍청이가……!'

예상치 못한 행동에 당황도 잠시.

지금이 기회였다.

양전은 뒤도 돌아보지 않고 소자현이 있는 곳으로 달리기 시작했고 그와 동시에 이서하의 주먹이 정이준의 복부에 꽂혔다.

"크억!"

"넌 이따 보자."

정이준이 외마디 비명과 함께 무릎을 꿇고 먹던 것을 전부 게우기 시작했고 양전은 그 소리를 듣고는 미소를 지었다.

'걸렸다! 걸렸어!'

정이준의 말대로 장용 형님의 원수.

이서하가 들어왔다.

자기 죽을 줄도 모르고 말이다.

'소자현 형님이 다 죽여 줄 거다.'

양전은 그렇게 소자현을 향해 달렸다.

양전이 도망치는 것을 바라보고 있을 때 먹은 것을 모두 게

워 낸 정이준이 나를 올려보며 말했다.

“이 개자식아! 내가 그래서 전출 보내 달라고 했잖아! 나한테 도대체 왜! 왜 그러는 거야!”

“갔다. 연기 그만해.”

입으로는 음식물을, 코로는 콧물을, 거기에 눈물까지 흘리며 외치던 정이준은 표정을 싹 굳히며 말했다.

“……하아, 뒤도 안 보고 도망가네. 의리 없는 자식.”

“저거 안 잡아도 되는 거지?”

“그럼요. 잡으면 안 되죠. 소자현 소환! 이런 느낌으로 놔두는 건데.”

소매로 얼굴을 닦으며 일어난 정이준은 배를 쓰다듬으며 말했다.

“그리고 이거 연기라니까요. 살살 좀 치세요. 방금 염라대왕 얼굴 살짝 보고 왔습니다.”

“실감 나게 하라며?”

“그것도 정도가 있지. 대장님은 참. 내장 다 뒤틀리면 책임지실 겁니까?”

“책임질게. 나 약선님 제자인 거 몰라?”

“하아.”

정이준은 비틀거리며 일어나더니 말했다.

“그럼 전 다음 작전 진행하러 가 보겠습니다.”

난 그런 정이준을 불러 세웠다.

"야."

"네?"

"너 아까 말한 거 전부 진심이지?"

정이준은 눈을 가늘게 뜨고 나를 바라보다 피식 웃으며 말했다.

"에이, 그럴 리가 있겠습니까? 우리 존경하는 대장님한테."

진실인지 거짓인지 알 길이 없는 말이었다.

Chapter 77.

“형님! 형님!”

양전의 외침에 운기조식을 하던 소자현이 눈을 뜨고는 불쾌한 표정이 되어 말했다.

“웬 소란이냐? 분명 내가 운기조식할 때는 들어오지 말라고…….”

“이서하입니다!”

이서하라는 이름에 소자현은 벌떡 일어나 밖으로 달려 나갔다.

정이준의 말대로 동생의 원수가 찾아온 것이다.

“정이준은?”

"이서하에게 당했습니다."

"그런가?"

정의준이 이중 첩자일지 모른다고 생각했지만 아무래도 그건 아니었던 모양이다.

"양전, 너는 여옥비와 그 무사 놈을 데려와라. 난 이서하라는 놈의 실력 좀 볼 생각이니까."

"네, 형님."

소자현은 박도를 챙겨 밖으로 나왔다.

관문 저 멀리 불길이 오르고 있었다.

당연하게도 이서하가 혼자 온 것은 아니었다.

'사방에 불을 질러 병력을 분산시키고 구출할 생각인가.'

얕은수다.

어차피 노리는 것은 하나일 테니 그곳만 지키면 될 일.

많은 무사들도 필요 없다.

고수는 고수로 막는 것이 전쟁의 기본이니까.

"복수해 주마. 아우야."

어떻게든 직접 이서하를 벨 생각이었다.

정이준의 작전을 다시 한번 떠올린 나는 고개를 절레절레 흔들었다.

"정이준 그 새끼. 생각하는 게 정상은 아니야."

도대체 이놈은 나를 뭐라고 생각하는지 모르겠다.

아니, 정확하게 말하자면 나와 아린이가 아닐까?

그렇게 생각할 때 내 앞으로 누군가 모습을 드러냈났다. 도포를 입은 사내는 나를 노려보며 기운을 발산했다.

장용 때처럼, 하지만 격이 다른 음기가 그의 몸에서 뿜어져 나왔다.

'실제로 본 적은 없지만…….'

아마도 소자현일 것이다.

게다가 장용처럼 한 단계 더 강해진 것이 확실했다.

만약 그때도 이 정도의 경지였다면 이재민과 최도원이 살아 돌아올 수 없었을 테니 말이다.

나는 천천히 극양신공을 발동해 전투를 준비하며 말했다.

"그쪽이 소자현인가?"

"그러면 너는 이서하겠군."

소자현은 오만하게 웃으며 말했다.

"어떻게 잠입했는지는 모르겠지만 사방에 불을 놓고 인질을 구한다는 것은 뻔하지만 정석적인 작전이지. 하지만 어설펐구나. 사사로운 감정에 작전을 그르치다니."

"사사로운 감정?"

"정이준. 배신자를 그냥 지나치지 못하고 걸려 버리다니. 실망이구나."

이렇게 하나하나 다 설명하는 걸 보니 나름 자기 머리에 자부심이 있는 모양이다.

하나부터 열까지 전부 틀렸다는 게 흠이지만 말이다.

말을 마친 소자현은 자세를 잡으며 말했다.

"장용의 복수를 해 주마."

"잠깐. 그 전에, 너무 당당하게 말한 것치곤 오류가 많아서 좀 잡아 주고 싶은데."

"오류?"

"아무래도 내 역할에 대해 착각하는 거 같아서 말이야. 이번 작전에서 내 역할은……."

지금 이 순간 정이준이 나에게 배정한 임무는 인질 구출이 아니다.

"……너를 죽이는 거다. 소자현."

확실하게 전쟁을 끝내는 방법.

그것은 반란군의 수장을 죽이는 것이었다.

여옥비만 구출한다면 또다시 관문 전쟁을 지겹게 벌여야 할 테니 말이다.

내 말에 인상을 찌푸린 소자현은 이내 헛웃음을 터트렸다.

"하하하, 그러니까 암살이랍시고 여기 들어왔다는 건가? 이 난리를 치면서?"

"그런 모양이네."

묻지 마라.

이 작전은 정이준이 짠 거니까.

그것도 내 허락도 없이 말이야.

소자현은 전혀 믿지 않는 얼굴로 말을 이어 갔다.

“그래, 뭐, 그렇게 말하는 것이 자존심은 지킬 수 있겠지.”

솔직하게 말해 줬는데도 믿어 주질 않네.

“그럼 네 작전대로 해 봐라. 가능하다면!”

소자현은 말이 끝남과 동시에 나를 향해 달려들었다.

그가 도약한 땅이 균열을 일으키며 내려앉았고 소자현의 박도가 내 머리를 향해 떨어지고 있었다.

전이라면 반응조차 못 했을 공격.

그러나 지금은 다르다.

만년지극혈보와 만년설삼을 완벽하게 내 것으로 만든 현재 나는 화경의 초입까지 다다랐다.

거기다 극양신공을 사용해 경지를 끌어올린다면 아무리 소자현이 강화되었다고 한들 이기지 못할 이유가 없었다.

내가 박도를 쳐 내자 소자현은 헛웃음을 치며 연속해서 공격을 가했다.

“언제까지 막을 수 있을지 보자!”

확실히 공격 하나하나에 무시할 수 없는 힘이 담겨 있었다.

그러나 그 모습에서 묘한 위화감이 느껴지는 것은 왜일까.

‘신체와 기운은 화경, 그것도 완숙의 경지에 오른 고수다.’

부딪쳐 보고 나니 더 확실해졌다.

소자현의 외공은 장용보다도, 아니, 극양신공을 사용한 나보다도 위에 있다.

그러나 그는 틀에 박힌 초식을 따라 할 뿐이었다.

마치 화경(化境)의 신체를 가지고 하급 무사의 기술을 사용하는 것과 같다고 할까.

'장용은 이러지 않았는데.'

장용은 누가 봐도 완벽한 화경의 고수였는데 말이다.

'이 상황을 이해하려면…….'

화경의 경지와는 맞지 않는 단순한 초식.

갑작스럽게 강해진 두 사람.

이 모든 것을 조합하면 한 가지 결론이 나온다.

'기연이구나.'

누군가에게 도움을 줄 수 있으면서 음기를 사용하는 존재.

내가 아는 한 그런 존재는 하나뿐이다.

'아마도 나찰이겠지.'

일단 그건 나중에 생각하도록 하자.

어쨌든 소자현은 갑작스럽게 얻은 힘을 똑바로 사용하지 못하고 있다.

'수련을 게을리했구나.'

지금까지야 압도적인 외공과 내공으로 고수 소리를 들을 수 있었겠지만 그것도 이제 끝이다.

나는 기회를 엿봐 반격을 가했다.

낙월검법(落月劍法), 이위화(已爲火).

검에서 나온 불꽃이 소자현을 휘감았다.

만년지극혈보의 기운으로 강화된 화기(火氣)는 낙월검법에도 영향을 주었다.

극렬한 화기(火氣)가 소자현을 태우기 시작했고 그는 당황한 얼굴로 허우적거렸다.

"으아아악!"

꼴사나운 모습.

나는 피식 웃으며 말했다.

"뭐 하냐?"

단 한마디.

꼴사납게 박도를 휘두르던 소자현을 흥분시키기에는 충분한 말이었다.

겨우 불을 꺼트린 소자현은 시뻘게진 얼굴로 외쳤다.

"죽여 주마!"

이제는 전혀 무게가 느껴지지 않는 말이었다.

같은 시각.

명령대로 불을 놓은 최도원은 이서하가 있는 곳으로 달렸다.

이서하가 소자현과 싸운다면 그에게 조금이라도 도움이 되기 위함이었다.

'아버지의 원수……!'

그렇게 최도원이 도착했을 때는 이미 전투가 한창이었다.

"죽어어어어어!"

소자현이 거칠게 박도를 휘두르고 이서하는 그것을 종이 한 장 차이로 피하고 있을 뿐이었다.

"……저 수준이었나?"

최도원은 뭐에 홀린 듯 가만히 서서 전투를 바라봤다.

두 사람의 전투에 압도된 것이었다.

눈으로조차 따라가기 힘든 공격들. 그리고 그것을 아슬아슬하게 피하며 반격의 기회를 노리는 이서하.

'난 방해만 될 뿐이다.'

최도원은 자신의 무력감을 통감하며 고개를 숙였다.

자신이 할 수 있는 일이라고는 그저 동갑내기 무사인 이서하가 이겨 주기를 기도할 뿐.

아버지를 죽인 원수를 눈앞에 두고서도 손가락 하나 까딱할 수 없는 것이었다.

'난 왜 이리도 약한가.'

그런 생각을 할 때였다.

일검류(一劍流), 일섬(一閃).

피하기만 하던 이서하의 검이 소자현의 어깨를 꿰뚫었다.

날카로운 일격에 소자현은 바닥을 뒹굴었고 이서하는 감탄하며 말했다.

"호오, 나려타곤(懶驢打滾). 멋있네."

"이 새끼가……."

최도원은 고양감에 주먹을 꽉 쥐었다.

이서하라면 저 소자현은 벨 수 있다.

그렇게 생각할 때였다.

"크크크. 그래, 그래. 강한 건 인정한다. 무슨 생각으로 이 짓을 벌였는지는 알겠어."

웃으며 일어난 소자현은 자신의 머리를 손가락으로 툭툭 치며 말했다.

"하지만 전쟁은 머리로 해야지."

그리고 그 순간.

사방에서 다가오는 인기척에 최도원은 급히 고개를 돌렸다.

"……!"

수백의 반란군 무사들이 광기 어린 눈빛으로 달려오고 있었다.

"소자현 대장님을 지켜라!"

이윽고 소자현이 웃으며 말했다.

"적진 안으로 들어왔으면 이런 상황도 생각했어야지. 시간이 끌린 순간부터 너의 패배다. 이서하."

소자현의 말대로다.

아무리 화경의 고수든 뭐든 체력과 내공에는 한계가 있기 마련이다.

목숨 아까운 줄 모르고 달려드는 광신도들을 상대하다 보면 결국 지쳐 쓰러질 수밖에 없는 것이다.

그렇다면 지금이 자신이 나설 때였다.

"제가 막겠습니다!"

숨어 있던 최도원은 버럭 외치며 이서하와 반란군 무사들 사이로 뛰어들었다.

"소자현을 죽이십시오!"

심장이 미친 듯이 뛴다.

아마도 오래 버티지는 못할 것이다.

그러나 그사이에 이서하가 소자현을 죽일 수만 있다면 자신은 편히 눈감을 수 있었다.

그렇게 생각할 때였다.

"끼야야야야야야악!"

괴조(怪鳥)가 급강하하며 반란군 무사의 목을 비틀어 씹었다.

광기에 사로잡힌 무사들조차 뒷걸음질 칠 때 괴조의 등에서 한 여자가 뛰어내렸다.

"미안. 근처에 마수가 많이 없어서 늦었어."

광명대의 유아린.

이윽고 그녀의 주변으로 수십 마리의 괴조가 날개를 펄럭이며 착지했다.

당황한 최도원은 유아린을 바라보며 주저앉았다.

'어떻게…….'

사람이 마수를 애완동물마냥 조종할 수 있는 것인가?

같은 편임에도 겁을 먹을 수밖에 없는 상황.

그러나 미쳐 버린 반란군의 무사들은 아랑곳하지 않고 외쳤다.

"달려들어! 전부 죽여라!"

유아린은 귀찮다는 듯이 무사들을 힐끗 보고는 말했다.

"서하를 방해하지 마라."

그녀의 주변에서 한기가 뿜어져 나오며 무사들의 다리가 얼어붙기 시작했다.

"으아아악!"

"움직여! 움직여!"

소자현을 향한 맹목적인 믿음으로 발악하고 있었으나 바닥에 고정된 다리를 움직일 수는 없었다.

이윽고 이어지는 학살.

최도원은 그 한가운데에서 날뛰는 마수와 유아린을 바라볼 수밖에 없었다.

"이것이……."

압도적인 무력.

광명대의 진정한 힘이었다.

◆ ◈ ◆

마수들의 등장에 소자현은 처음으로 불안감을 느꼈다.

'저게 뭐야?'

어떻게 이런 일이 벌어질 수 있는가?

어떻게 인간이 마수를 조종할 수 있는가?

어떻게 단 두 명이 한 군대를 상대할 수 있는가?

'아니야, 내공은 무한하지 않아.'

전투가 지속될수록 고수와 일반 무사들의 차이는 점점 줄어들기 마련이었다.

수백의 무사들과 싸우던 고수가 하급 무사의 눈먼 칼에 맞아 죽었다는 기록도 많지 않던가?

이서하를 죽일 수는 없더라도 람다 님에게 힘을 받은 반란군의 정예들은 죽는 것을 두려워하지 않으니 적어도 시간은 끌어 줄 것이었다.

'그나저나 양전 이 새끼는 왜 안 와?'

원래 계획대로라면 한상혁을 이서하 앞에서 처형하고 여옥비를 인질 삼아 우위를 점할 생각이었다.

그런데 어쩐 일인지 양전이 돌아오지 않는다.

'다른 적과 싸우고 있나?'

아무리 양전이 세 형제 중 가장 약하다고 하더라도 초절정 고수를 상대할 만큼의 실력은 된다.

장용을 죽였다는 두 고수는 여기 있으니 양전이 쉽게 당하지는 않을 터.

'내가 양전을 도와야 한다.'

이곳을 벗어날 기회는 이서하와 유아린의 시선이 잡졸들에게 가 있는 지금뿐이었다.

결론을 내린 소자현은 있는 힘껏 여옥비와 한상혁이 있는 곳으로 달렸다.

'여옥비만 확보하면 이긴다!'

그렇게 생각하며 도착한 목적지.

밝았던 횃불이 전부 꺼져 있고 울타리 안에는 단 한 사람이 묶여 있을 뿐이었다.

위화감을 느낀 소자현은 발걸음을 늦췄다.

왜 한 명일까?

두 명이어야 할 텐데?

양전은 어디 있는가?

긴장감에 천천히 다가간 소자현은 믿을 수 없는 광경에 손을 떨었다.

"……양전."

여옥비와 한상혁은 사라지고 그 자리에는 양전이 묶여 있을 뿐이었다.

"늦었네요? 대장. 임무는 완수했습니다."

익숙한 목소리.

소자현이 고개를 돌리자 낯익은 얼굴이 자리해 있었다.

정이준. 밀고를 해 왔던 바로 그 하급 무사였다.

정이준은 미소를 지어 보이며 말했다.

“아, 그쪽 말고. 내 진짜 대장님.”

정이준은 그렇게 말하며 옆으로 비켜섰고 황금빛 기운을 두른 남자가 걸어왔다.

“네 말대로야. 소자현.”

이서하.

그는 소자현이 했던 것과 마찬가지로 머리를 툭툭 치며 말했다.

“전쟁은 머리로 해야지.”

소자현이 이서하와 대치하고 있을 때.

양전은 소자현의 명령대로 한상혁과 여옥비를 확보하기 위해 그들을 가둬 놓은 곳으로 향했다.

“그대로 있군. 아무 일 없었나?”

투구를 깊게 눌러쓴 보초는 경례한 뒤 옆으로 비켜났고 양전은 미소를 지었다.

이서하는 양동 작전으로 이 두 사람을 빼낼 생각이었겠지만 자신이 한발 더 빨랐다.

의기양양하게 울타리 안으로 들어간 양전은 여옥비의 머리채를 잡아끌었다.

"자자, 같이 가자고."

여옥비는 비명조차 지르지 못하고 그의 손에 끌려가기 시작했고 그 광경을 본 한상혁이 외쳤다.

"그만둬!"

진심이 전혀 담기지 않은 말에 양전은 비웃음을 날리고는 여옥비를 끌고 갔다.

하지만 이내 무언가가 떠오른 듯 여옥비를 거칠게 내던지고는 한상혁에게로 고개를 돌렸다.

"잠깐. 어차피 죽을 건데 멀쩡하게 가는 것도 좀 그렇잖아? 여기저기 구멍이 나 있어야 네 친구가 봤을 때 마음이 아프지 않겠어?"

소태도를 꺼낸 뒤 다가가는 양전.

상혁은 굳은 표정으로 말을 이었다.

"죽여 버릴 거야! 내가 널 죽여 버릴 거다!"

전혀 분노가 느껴지지 않았다.

하지만 양전은 상혁이 겁을 먹어 그렇다고 생각하고는 웃음을 터트리며 쭈그려 앉았다.

"겁을 먹어서 바보가……."

그 순간이었다.

한상혁의 팔이 앞으로 나왔고 양전의 목에서 피가 솟구쳐

올랐다.

좌아악!

"어, 어떻게……!"

양전은 이 상황을 믿을 수 없다는 듯이 중얼거렸다.

분명 강철 수갑으로 양손을 결박해 놓았을 텐데 말이다.

하지만 어떻게 된 일인지 한상혁이 차고 있던 수갑은 이미 끊어진 상태였다.

"이게 사기라는 거다. 이 멍청아."

그렇게 양전을 쓰러트린 상혁은 의기양양하게 말했다.

"봐봐! 나 연기 잘한다니까!"

그러자 보초를 서던 무사가 투구를 벗으며 말했다.

"처참하네요."

정이준이었다.

그는 고개를 절레절레 흔들며 한상혁에게 비난을 쏟아 냈다.

"무슨 연기가 그럽니까? 대사도 그래요. 완전 틀에 박혀서……. 어휴, 말을 맙시다. 처음부터 계획 알려 줬으면 다 같이 죽을 뻔했네."

"너 지금 뭐라고 했냐?"

"아무 말도 안 했습니다. 이제 아가씨를 데리고 총대장한테 가면 됩니다."

"총대장? 이건하 총대장한테? 왜?"

"가면 알아서 행동할 겁니다. 한시가 바쁘니 자세한 건 나중에 설명해 드리죠."

"쩝."

한상혁은 여옥비를 업으며 말했다.

"나중에 꼭 설명해라. 꽉 잡으세요, 아가씨."

여옥비는 고개를 끄덕이고는 정이준을 향해 살짝 고개를 숙였다.

"감사합니다."

사기를 쳐서 감사 인사를 받기는 또 처음이었다.

그렇게 한상혁과 여옥비가 떠나고 정이준은 양전의 시체를 내려 보았다.

"나머지는 우리 대장님이 다 알아서 해 주겠지?"

이제 이 일은 정이준의 손을 떠났다.

"전쟁은 머리로 해야지."

소자현은 머리를 툭툭 치며 조롱하듯 말하는 이서하를 바라봤다.

어디서부터 잘못되었을까?

주먹을 쥐고 부르르 떨던 소자현은 이내 몸에 힘을 빼며 말했다.

"내 작전은 완벽했다."

일종의 하소연이었다.

이해할 수 없는 상황에 대한 하소연.

"총공격을 가해 오지도, 그렇다고 철수하지도 않는다는 뜻은 보급이 있다는 것이니 이를 역이용해 협상 자리를 만들고 요령성주를 죽였어. 계명의 가주까지도!"

또한, 여옥비를 손에 넣고 명분까지 이쪽으로 가지고 왔다.

장기로 따지면 외통수를 외친 것이다.

그때까지만 해도 소자현은 자신이 요령성의 진정한 주인이 될 거라 믿어 의심치 않았다.

"그리고 너희에게는 장용을 보냈다. 용이가 질 리는 없지만 혹시 모를 상황에 대비해 만반의 준비까지 해서 보냈다고!"

소자현은 첫 전투에서 이서하와 유아린, 그리고 한상혁의 실력을 간접적으로나마 볼 수 있었다.

세 무사가 전력으로 덤볐음에도 장용은 무너지지 않았고 거기서 확신했다.

더군다나 신중을 기하기 위해 람다 님에게 부탁해 힘을 더 받았으니 만에 하나라도 동생이 패배할 것이라고는 생각할 수 없었다.

"이길 수밖에 없는 상황을 만들었을 터였다."

그런데…… 왜 전혀 생각지도 못한 말이 난입하는가? 마(馬)가 차(車)로 변하고 졸(卒)이 상(象)으로 변하는가?

이런 패배는 결코 인정할 수 없었다.

"난 이길 수밖에 없었다고!"

절대 패배를 인정할 수 없다.

그리고 아직 기회는 있다.

저 이서하만 죽일 수 있다면 그렇다면 이 판을 이어 나갈 수 있다.

"이서하아아아아!"

소자현의 외침과 함께 그의 몸에서 음기가 뿜어져 나오며 머리가 은빛으로 바뀌기 시작했다.

음기 폭주.

나찰의 힘이 폭발한 것이었다.

-죽여라, 죽여라, 죽여라, 죽여라.

환청과 함께 머릿속에는 오직 살육만이 깃든다.

'다 죽인다.'

소자현은 그렇게 광마(狂魔)가 되었다.

그리고 그것을 멀리서 내려다보던 람다는 흥미롭다는 듯 말했다.

"그러게 내가 뭐랬어?"

아무리 인간이 사용할 수 있게끔 정제해 줬다고 하더라도 람다가 준 힘의 근원은 음기다.

인간은 결코 사용할 수 없는 것.

"죽을 수도 있다고 했잖아."

흐뭇하게 자신의 사역마를 바라보던 람다는 이서하를 바라보며 말했다.

"이제 어떻게 할 거니? 낙월검법의 계승자여."

람다의 흥미는 이서하에게로 넘어간 지 오래였다.

소자현이 폭주를 시작하자 주변의 공기가 싸늘하게 얼어붙기 시작했다.

난 이 현상을 아주 잘 알고 있다.

음기 폭주.

'예상했어야 했는데.'

소자현 형제가 나찰에게 음기를 받아 강해졌다면 그 힘이 폭주할 때도 염두에 두었어야만 한다.

나는 옆에 서 있는 정이준에게 말했다.

"계획은 있냐?"

"몰라요. 저거 뭐야? 무서워."

"……."

"믿습니다. 대장님. 무적 최강 이서하!"

정이준은 멀찌감치 도망치며 손을 흔들었다.

대책 없구나.

이 작전은 내가 소자현을 죽일 수 있을 것이라는 정이준의 맹목적인 믿음이 전제로 깔린 것이었다.

"그렇다면 부하의 기대에 부응해 줘야지."

힘을 만끽하던 소자현은 광기 어린 미소를 지으며 나를 바라봤다.

섬뜩한 살기가 피부에 닿기도 전.

소자현은 어느새 내 앞으로 다가와 있었다.

쾅! 하는 소리와 함께 그의 박도와 천광이 맞부딪쳤다.

'무슨…….'

충격이 내 몸을 울릴 정도였다.

음기 폭주를 일으키면 신체 능력이 비약적으로 상승된다는 것은 알고 있었으나 이건 격이 달랐다.

'선천진기(先天眞氣)까지 사용하고 있는 건가.'

죽음을 각오하고 싸우는 것이었다.

아니, 각오 따위도 없겠지.

그저 분노에 몸을 맡길 뿐.

소자현의 움직임은 전처럼 단순하고 조잡했으나 그것을 따라가는 것조차 벅찰 지경이었다.

"죽어! 죽어! 죽어!"

터무니없는 음기에 숨이 막힌다.

'막는 것이 고작인가?'

이대로는 이길 수 없다.

극양신공은 한계치까지 끌어올린 상태였고 적오의 심장은 이미 아린이를 구할 때 사용했다.

'하루 만에 나를 또 살려 줄까?'

그렇게 편리한 능력이었다면 이 고생을 하지도 않겠지.

그때였다.

"비켜!"

서아라의 목소리였다.

그녀는 바람처럼 날아와 소자현의 목을 향해 세검을 뻗었다.

그러나 너무 느리다.

소자현은 마치 파리를 쳐 내듯 서아라를 튕겨 냈다.

퍽! 하는 소리와 함께 서아라가 날아갔지만 나는 빈틈을 놓치지 않았다.

일검류(一劍流), 용섬(龍閃).

허리춤에서 발사된 검이 곡선을 그리며 소자현의 옆구리를 향해 뻗어졌다.

온몸의 기운을 담은 필살의 일격.

서아라가 틈을 만들어 준 지금만이 기회였다.

'죽어라.'

그러나 그 순간 소자현이 손목을 꺾으며 용섬을 막았다.

캉! 하는 소리와 함께 천광이 멈추고 나는 소자현을 올려보았다.

'이게 막혀?'

일검류는 모든 공격에 혼신을 담는다.

그런데 그것을 제대로 된 자세도 잡지 않고 멈춘 것이다.

'외공의 차이가…….'

기술에 기대지 않는 순수한 강함.

내 검을 쳐 낸 소자현은 박도를 높게 들어 내리쳤다.

나는 있는 힘껏 뒤로 몸을 날려 피했다.

그렇게 한두 바퀴를 굴러 겨우 자세를 잡은 나를 소자현이 내려 보고 있었다.

"나려타곤. 재밌네."

내가 했던 도발을 그대로 돌려받을 줄이야.

그런 나의 옆으로 서아라가 뛰어와 물었다.

"저 괴물은 뭐냐?"

"음기 폭주입니다."

"그건 알아. 숨이 턱턱 막히네. 뭐가 됐든 저거 빨리 처리해야 할 거야."

서아라는 식은땀을 흘리고 있었다.

"다들 나랑 비슷한 상황일 테니까."

강력한 음기는 그 존재만으로도 조화를 무너트려 정신을 붕괴시킨다.

극양신공을 사용하고 있는 나야 괜찮겠지만 모두 소자현의 음기에 오염되고 있었다.

북대우림만 가도 불편한 느낌이 드는데 주변 온도를 떨어

트릴 정도의 음기다.

조금만 지체하더라도 모두 정신이 붕괴되어 심마에 빠질 것이 분명했다.

'그렇다고 해도 어떻게…….'

그 순간, 손가락에 진동이 느껴졌다.

가운데 손가락에 껴 놓았던 염제의 반지가 울리고 있었던 것이다.

'이게 왜?'

무슨 짓을 해도 반응하지 않던 반지가 때마침 반응하는 것일까?

음기 폭주 때문에? 아니면 나찰의 힘에 반응해서?

하지만 깊게 생각하고 있을 시간이 없었다.

중요한 것은 반지의 힘을 사용할 수 있느냐, 없느냐일 뿐.

'이 안에 있는 기운만 방출할 수 있다면…….'

저 괴물 같은 소자현을 태워 버릴 수 있다.

"후우. 선인님, 저 녀석 시선 좀 끌어 주세요."

"내가?"

서아라는 자신 없는 얼굴로 말했다.

"야, 무인의 기본 소양이 뭔지 아냐?"

"의협 아닙니까?"

"아니, 본인의 실력을 아는 거. 그리고 난 나를 잘 알아. 1합도 못 버틴다. 아까 한 대 맞은 거로 이미 갈비뼈 다 나갔어. 혹시나 해서 말하는데, 이건 겁을 먹은 게 아니라 냉정한 판단이야. 알지?"

민망한지 말이 길어지는 서아라였다.

하지만 그녀의 말이 맞다.

지금의 소자현에게 서아라는 상대가 되지 않는다.

그렇다면 남은 것은…….

"내가 할게."

목소리와 함께 아린이가 하늘에서 떨어졌다.

"난 저 무능한 여자랑 달리 10합은 버틸 수 있어."

"……무능?"

서아라는 헛웃음을 터트리며 일어났다.

"야, 흰둥이! 그럼 누가 더 오래 버티나 해 볼까?"

"죽기 싫으면 앉지? 노처녀."

"누가 처녀래!"

"움직인다."

나의 말에 아린이가 먼저 소자현을 향해 달려 나갔다.

소자현은 기다렸다는 듯이 박도를 휘둘렀으나 아린이는 팔을 들어 막은 뒤 주먹을 날렸다.

혈극재신법(血極災神法), 광혈조(狂血爪).

붉은 선혈의 손톱이 소자현의 가슴을 베었으나 그의 혼신 강기를 뚫어 낼 수 있을 정도는 아니었다.

소자현이 미동조차 없이 아린이를 쳐 내자 그 뒤를 이어 서아라가 달려들어 검을 찌르다 주먹에 맞아 날아갔다.

"아오! 내 갈비."

그사이 나는 정신을 집중했다.

'조금이라도 빠르게…….'

극음의 기운은 본디 극양의 기운으로 뚫어야 한다.

'이런 종류의 보구는 많이 사용해 봤어.'

보구를 이용한 기의 방출은 그 원리가 전부 같다.

바로 보구를 신체의 일부분이라고 생각하는 것이다.

마치 손으로 기를 방출하듯.

방출 지점을 반지로 정하고 기운을 모으면 된다.

전에는 반지가 반응하지 않아 기를 느낄 수조차 없었으나 지금은 다르다.

기회는 한 번뿐.

나는 온몸의 기운을 밀어 넣은 뒤 눈을 떴다.

"다 비켜!"

나의 외침에 서아라와 아린이가 빠르게 뒤로 물러나고 소자현의 고개가 돌아갔다.

손을 앞으로 내민 나는 반지의 기운을 방출하며 말했다.

"죽어라. 이 괴물아."

"……!"

소자현의 동공이 확장되고 극한으로 압축된 화기(火氣)가 그를 향해 발사되었다.

하지만 소자현 또한 가만히 있을 리가 없다.

“흐읍!”

소자현이 합장하자 그의 앞으로 은빛 막이 생성되었다.

이윽고 극양의 기운과 극음의 기운이 부딪치며 굉음이 울리기 시작했다.

끼이이이이이이익!

소름이 돋는 소리와 함께 반지에서 방출되는 기의 양이 떨어지기 시작했다.

밀리는 건가?

보구로 증폭된 기운조차 소용이 없는 것일까?

아니, 부족하면 더 밀어 넣으면 된다.

나는 마지막 남은 기운을 전부 짜내 반지로 밀어 넣었다.

그런 내 뜻을 아는지 반지는 마치 처음 꼈을 때처럼 게걸스럽게 나의 기운을 가져가기 시작했다.

극양은 본디 생명의 기운.

생명력마저 빨려 들어가는 것 같았으나 나는 멈추지 않았다.

모든 것을 다 내줄 수 있다.

원한다면 얼마 남지 않았을 수명까지 전부 내어 주마.

‘뚫어라.’

염제의 반지여.

나의 생명으로 모두의 죽음을 막을 수만 있다면 그렇게 하도록 하라.

"우오오오오오오!"

화기(火氣)의 기운이 두 배, 세 배, 그리고 네 배로 굵어진다.

이윽고 음기에 막혀 사방으로 튀던 화기가 한 줄기 빛이 되어 대지를 꿰뚫었다.

쿠오오오오오오!

거대한 소리와 함께 밤하늘이 마치 낮처럼 붉게 물들었다.

"하아, 하아."

나는 그제야 앞을 바라볼 수 있었다.

마치 용이라도 지나간 듯 대지가 갈려 있었고 저 멀리 성벽이 무너져 내린다.

고개를 돌리자 모두가 멍하니 나를 바라보고 있다.

서아라도, 정이준도, 그리고 아린이도.

"하하."

나는 머쓱하게 웃으며 말했다.

"내가 이겼……."

"서하야!"

아린이가 달려오는 모습.

거기까지가 내 기억의 끝이었다.

◆ ◈ ◆

"막아! 막으라고!"

한상혁은 뒤도 돌아보지 않고 적을 베어 넘기며 성벽 위로 올라갔다.

"후우, 높네. 꽉 잡으세요."

"괜찮으시겠어요?"

"그럼요."

여옥비의 떨림을 느끼며 한상혁이 말했다.

"제가 배운 무공 중에 이런 높이에서 떨어지는 법도 적혀 있더라고요."

만변무신공.

이 세상의 모든 신법을 개량하고 변형해 적어 놓은 비급.

한상혁은 성벽에서 뛰어내리며 허공을 밟았다.

허공답보(虛空踏步).

지금은 고작 두 걸음 정도만 가능한 수준이었으나 추락 속도를 늦추기에는 충분했다.

그렇게 두 번에 나누어 성벽을 내려온 한상혁은 쏜살같이 나아가기 시작했다.

"바람이 찹니다. 얼굴 들지 마세요."

한상혁의 말대로 여옥비는 얼굴을 등에 파묻고 가만히 떨고 있을 뿐이었다.

이윽고 진에 도착한 한상혁은 보초를 서고 있는 무사들에게 외쳤다.

"총대장님! 총대장님은 어디 있습니까?"

이건하에게 가면 그가 알아서 할 것이다.

자세한 내용은 들은 것이 없기에 한상혁이 할 수 있는 일이라고는 총대장을 찾는 일밖에 없었다.

다행히도 이건하는 마치 기다리고 있었던 것처럼 한상혁에게 다가오며 말했다.

"나는 여기 있다."

이제 뭐라고 말하지?

한상혁이 그렇게 이건하를 바라보고 있을 때 여옥비가 그의 등에서 내려오며 말했다.

"요령성주의 여식 여옥비입니다."

"……이서하가 구출에 성공했군요."

"네. 하지만 관문 안에 갇혀 있습니다."

여옥비는 울먹이는 얼굴로 말했다.

"저들을 구해 주시겠습니까?"

그녀의 말에 모두가 이건하를 바라봤고 그는 미소와 함께 말했다.

"이미 준비하고 있었습니다. 전 부대 출진하라!"

이건하의 외침에 징이 울리고 무장을 하고 있던 무사들이 순식간에 달려 나와 진을 쳤다.

"그쪽은 여기서 대기하며 여옥비 아가씨를 지키도록."

"네. 그렇게 하겠습니다."

그렇게 성문을 향해 달려가는 이건하를 보며 한상혁은 작게 중얼거렸다.

"정말로 알아서 하네."

정이준이 무슨 수를 쓴 것은 아니었다.

그저 이건하라는 사람의 성향을 파악했을 뿐.

이건하는 가장 먼저, 그리고 확고하게 후퇴를 주장했던 사람이었으나 지금은 상황이 달라졌다.

요령성주 대리인 여옥비가 돌아와 직접 잠입조를 구해 달라고 부탁했으니 이 전쟁은 다시 요령성 해방 전쟁으로 바뀐 것이다.

그렇다면 후퇴할 필요가 없다.

어찌 됐든 패장(敗將)보다는 승장(勝將)이 되어 돌아가는 것이 더 나으니 말이다.

그렇기에 준비하고 있을 것이라 생각한 것이다.

혹시라도 여옥비를 구출하는 데 성공한다면 한시라도 빨리 관문을 칠 수 있도록.

그런 정이준의 생각이 여지없이 맞아떨어진 것이었고 말이다.

"속도를 올려라!"

이건하는 무표정하게 성벽으로 달리며 생각했다.

'소자현은 강했다. 이서하가 쉽게 제압할 수 없을 거야.'

이서하가 죽어 있으면 더 좋고, 죽지 않았더라도 소자현에게 고전하고 있을 것이 분명했다.

'지친 소자현을 내가 죽인다.'

적장의 목을 베는 것.

전쟁에서 그보다 더 큰 공은 없다. 애초에 이건하가 이 전쟁에 파견된 이유는 무인의 정점에 서기 위함이었으니 말이다.

'딱 좋은 상황이지.'

계명성주까지 죽인 소자현을 자신이 제압한다.

무위(武威)를 드높이기에 딱 좋은 상대가 아닌가?

그렇게 관문 앞에 도착한 이건하는 성벽 위에 적이 없음을 확인한 뒤 말했다.

"성벽을 올라가 문을 열어라."

"네!"

수비 병력이 없다면 성문을 여는 건 일도 아니다.

이건하의 정예들은 순식간에 성벽을 올라가 성문을 열었다.

그리고 그 순간.

어마어마한 음기와 양기가 이건하를 덮쳐 왔다.

"……!"

이건하는 본능적으로 그것이 소자현과 이서하의 기운임을 알아차렸다.

"나를 따라라."

상황이 심상치 않음을 감지한 이건하는 기운이 느껴진 곳으로 달렸고 부하들은 급히 그의 뒤를 쫓았다.

"이건하 장군님!"

그렇게 이건하가 도착했을 때는 소자현과 이서하의 마지막 대결이 펼쳐지고 있었다.

"……!"

그리고 그 광경을 본 이건하의 심장이 더욱 빠르게 뛰기 시작했다.

그 어떤 순간에도 감정의 동요를 느끼지 않았던 이건하는 가슴에 손을 가져가며 사촌 동생을 바라봤다.

마치 생명을 토해 내듯 극한의 양기를 내뿜는 이서하.

그리고 그것을 막아 내는 소자현.

'이 정도로 성장한 것이냐? 이서하.'

이서하의 성장이 빠르다는 것은 이미 눈치채고 있었다.

청신에 있는 부하들에게 들은 바에 의하면 온갖 영약과 더불어 마물의 심장까지 섭취했다고 한다.

그래도 크게 의식하지는 않았다.

대부분 자신보다 밑에 있는 인간을 신경 쓰지 않으니 말이다.

이서하가 아무리 영약을 먹고 수련을 열심히 해도 초절정 초입 정도의 실력에서 멈춰 있는 상태였다.

그러나 저것은 다르다.

화경 그 이상이 아니라면 가질 수 없는 내공의 양이었다.

'하지만 뚫리지 않는다.'

소자현의 수준 또한 이건하의 상상 그 밖이었다.

이서하가 토해 내는 모든 양기를 받아치고 있었고 두 기운이 맞부딪치는 곳에서는 오색찬란한 빛이 사방으로 튀었다.

이건하는 조금이라도 가까이 가서 보기 위해 한 걸음을 내디뎠다.

그러자 부관이 그를 막으며 말했다.

"더 다가가면 휘말립니다! 장군!"

"내가……."

이건하의 차가운 시선이 부관을 향했다.

"고작 이서하 따위의 기운에 휘말린다는 거냐?"

"……."

부관은 차마 그렇다고 말을 하지 못하고 고개를 살짝 끄덕일 뿐이었다.

그리고 그 순간이었다.

"우오오오오!"

이서하가 괴성을 지름과 동시에 그의 기운이 굵어지기 시작했다.

그리고 눈을 멀게 하는 찬란한 빛과 함께 짧고도 길었던 공방이 끝을 맺었다.

쿠오오오오오오!

굉음과 함께 이건하는 한동안 아무런 소리도 들을 수 없었다.

찌이이이잉! 하는 이명만이 가득했고 겨우 눈을 뜬 그가 처음 본 것은 무너지는 성벽이었다.

이건하는 그 광경을 가만히 바라보다 중얼거렸다.

"……인정할 수밖에 없구나."

이서하가 더 강해졌다는 것을 말이다.

"서하야!"

겨우 돌아온 청각에 유아린의 외침이 들려왔다.

이서하가 앞으로 고꾸라졌고 유아린은 겨우 받아 내 끌어 안았다.

이건하는 저 멀리서 자신을 바라보는 서아라에게로 시선을 돌렸다.

서아라는 조롱하듯 말했다.

"어머? 후퇴한다며?"

"상황이 바뀌었다. 여옥비를 구출했다면 후퇴할 필요도 없지."

이건하는 바로 평상심으로 돌아왔다.

'이서하…….'

사방에서 소자현을 따르는 무사들이 눈물을 흘리며 달려들고 있었다.

"교주님의 복수를 하라!"

"피로 복수하라!"

소자현을 맹목적으로 따르게끔 세뇌된 이들이었다.

그들의 교주가 죽은 지금 무사들은 진정한 광신도가 되어 이서하에게로 달려들고 있었다.

마음 같아서는 이서하를 죽게 놔두고 싶다.

유아린도 내공을 상당히 소모한 상태였고 서아라도 비틀거리는 것이 부상을 당한 게 분명했다.

'다 죽일까?'

지금이 아니면 이서하를 제거할 기회가 없지 않을까?

광신도 사이에 껴서 이서하, 유아린, 그리고 서아라까지 처리하면 모든 것을 소자현과 반란군에게 뒤집어씌울 수 있었다.

그렇게 생각할 때였다.

"뭣들 하느냐! 철혈대는 도련님을 지켜라!"

이건하는 고개를 돌렸다.

그곳에는 이재민과 최도원이 서 있었다.

이재민은 거친 숨을 내쉬며 이건하의 옆으로 걸어와 말했다.

"저한테도 말씀해 주시지. 왜 혼자 가셨습니까?"

급하게 달려온 이재민은 헐렁한 도복에 검 한 자루만을 들고 있었으며 철혈대도 대부분 그러한 모습이었다.

이건하는 그 광경을 가만히 보다 아무렇지 않은 얼굴로 말했다.

"긴박한 상황이라 미처 알릴 수 없었습니다. 이렇게라도 오셨으니 다행이네요. 서하의 호위를 부탁하겠습니다."

그리고는 크게 외쳤다.

"전부 도륙해라! 포로는 필요 없다!"

이재민은 멀어지는 이건하를 바라보며 소름이 돋는다는 듯 몸을 떨었다.

"재수 없는 새끼야."

언제나 기분이 나쁜 남자였다.

◆ ◈ ◆

꿈을 꾸었다.

왕국을 탈출하는 중 스승님을 잃은 나는 겨우 제국에 도착할 수 있었다.

계명의 깎아지른 절벽을 넘으며 왕국에서부터 함께하던 이들과는 모두 뿔뿔이 흩어졌다.

그렇게 겨우 도착한 요령성.

심수시(深水市)는 들어갈 수 없었다.

생각해 보니 당시의 성주는 소자현이었던 것만 같다.

아니, 정확히 말하면 그의 배후에 있던 나찰이겠지.

왕국의 밀입국자들을 통제한다는 명분으로 현상금이 걸렸기에 나는 홀로 도망쳐 다녔었다.

그렇게 며칠을 굶으며 한참 도망쳐 다니길 어느 날, 나는 작은 마을에 도착했다.

마을 사람들은 내가 왕국 출신이라는 것을 알면서도 먹을 것과 쉴 곳을 내주었다.

그렇게 3일 정도.

숨을 죽이며 체력을 회복했을 때 마을이 학살당했다.

당시에는 나를 숨겨 주었기 때문이라고 생각했다.

하지만 난 개울가에 숨어 그냥 지켜보았다.

비겁함이 죄책감을 이겼기 때문이다.

나중에 안 사실이었으나 마을을 쓸어버린 이유는 반란을 도모했기 때문이라고 했다.

하긴, 내가 뭐라고 나를 숨겨 줬다고 마을 하나를 도륙하겠는가?

그 소식을 처음 들은 나는 안도했다.

적어도 나 때문에 죽은 건 아니라면서 말이다.

"그렇지? 나 때문이 아니지?"

난 돌에 사람의 얼굴을 그려 놓고 말했다.

나 때문이 아니라는 소리를 듣고 싶었다.

나를 숨겨 주고, 먹여 주고, 재워 줬지만 내가 도와야 할 이유는 없다고 누군가가 말해 줬으면 했다.

"같이 죽을 필요는 없잖아. 그치?"

돌은 대답이 없었고 나는 손으로 그것을 흔들며 말했다.

"맞아! 같이 죽을 필요는 없지."

그것으로 위안이 되었다.

난 그렇게 살아남았었다.

아주 오랫동안, 매우 추하게.

수많은 영웅들이 목숨을 잃는 동안 겁쟁이처럼 숨으며, 그러면서도 나는 정당하다며 합리화하면서 말이다.

그렇기에 나는 그 무엇도 외면해서는 안 된다.

이번 생은 그렇게 살고 싶지 않으니까.

그 생각과 함께 눈을 떴다.

창으로 들어오는 햇볕이 내 얼굴을 내리쬐고 있었다.

"또 살았네."

"일어나셨습니까?"

나는 화들짝 놀라 달려오는 최도원을 바라봤다.

"소자현은?"

"죽었습니다. 제가 직접 확인했습니다. 발 두 짝만 남기고 타 버렸더군요."

"그래? 다행이네."

이번 일로 요령성은 구원받았다.

여옥비가 살아남았고 소자현은 사라졌다.

그 배후에 있을 나찰이 마음에 걸리긴 했지만 적어도 한동안은 움직이지 않을 것이다.

'나찰 또한 힘을 많이 썼을 테니까.'

적어도 잠시는 평화가 지속되겠지.

"그래서 여기는 어디냐?"

"심수시입니다. 이건하 총대장은 남은 반란군을 제압해야 한다면 바로 이동했습니다. 광명대는 선인님을 지키기 위해 심수시에 남았습니다."

"그래? 좋네. 좀 쉴 수 있겠어."

이건하. 그놈 발등에 불이 떨어졌을 것이다.

하지만 뭔 짓을 해도 여옥비를 구출하고 소자현을 죽인 것은 나다.

그 모든 것을 여옥비와 이재민, 그리고 서아라가 본 이상 이건하가 아무리 발버둥을 쳐도 일등 공신은 내 차지였다.

이제 편히 쉬자.

잔당 청소 같은 잡일은 이건하가 아주 잘해 줄 테니 말이다.

"다른 애들은?"

"밖에 있습니다. 아린 씨랑 민주 씨는 여옥비 아가씨와 잠시 자리를 비웠습니다."

나는 바로 자리에서 일어났다.

모두의 얼굴이 보고 싶어졌다.

방을 나오자 거대한 마당이 보였다.

아무래도 여옥비가 가장 큰 저택을 내준 것만 같다. 멍하니 깨끗한 마당을 바라보고 있자 상혁이의 목소리가 들려왔다.

"너 그때만 생각하면 진짜!"

"아! 다 작전이었다니까요. 그런 걸로 뒤끝 있기 있습니까? 아! 대장님!"

정이준은 내 뒤로 쪼르르 달려와 숨으며 말했다.

"상혁 선배 좀 막아 주세요. 계속 수련하러 가자고 하잖아요. 전투가 어제 끝났는데 하루는 쉬어도 되는 거 아닙니까?"

"난 앉아 있기만 해서 체력이 남아돌아. 그리고 너 고작 검

하나 못 옮겨서 낑낑거렸잖아. 일단 근력부터 늘리자."

"그건 검이 무식하게 무서워서 그런 거 아닙니까! 그리고 두 자루였습니다. 그러게 왜 쌍검을 써서……."

하긴, 현철쌍검이 무겁긴 하지.

나는 두 사람의 대화를 듣다 피식 웃었다.

"그보다 물어보고 싶은 게 있는데, 도대체 상혁이는 어떻게 구한 거야? 결박되어 있었을 텐데. 네가 가서 열어 준 거야?"

"아, 그거요? 그렇게는 할 수 없죠. 소자현이 바보도 아니고 열쇠를 저한테 두겠습니까?"

"그래? 그럼 어떻게 한 건데?"

대답은 상혁이에게서 나왔다.

"수갑 이어지는 부분이 종이더라. 나도 그때 알았어. 저 자식이 다른 생각이 있다는 걸. 미리 좀 알려 주지. 진심으로 죽여 버릴 뻔했잖아."

"미리 알려 줬으면 그 처참한 연기가 튀어나왔겠죠."

"하긴, 그렇지."

내 말에 상혁이가 충격을 받은 얼굴로 나를 바라봤다.

미안하지만 저건 정이준 말에 동의할 수밖에 없다.

"그나저나 연결부가 종이라니? 그게 무슨 소리야?"

정이준은 빙긋 웃으며 설명을 이었다.

"아, 그거 말입니까? 이게 손목을 묶는 건 두꺼운 강철인데 가운데 이어지는 부분은 종이로 만들어서 색칠한 거예요. 그래서 이 강철 부분에 단검을 부러트리는 것으로 의심을 없앴죠. 그 멍청이들 손목을 감싸는 부분보다 연결하는 부분이 더 중요하다는 걸 모르더라고요."

"호오. 그래?"

"사기란 그런 거죠. 상대의 의식을 내 마음대로 조종하는 것. 이름하여 의식 유도(意識誘導)! 한번 배워 보시겠습니까?"

"아니, 가서 상혁이랑 수련해."

"……제길!"

나는 빙긋 웃으며 말했다.

"의식 유도 실패다. 이놈아."

"가자. 막내야."

"아, 나 전출 갈래……."

정이준의 평화로운 요령성에서의 첫날이 지나갔다.

Chapter 78.

Chapter 78.

전쟁이 끝나고 며칠이 지났다.

이건하는 관문에서 도망친 반란군의 잔당을 처리한 뒤 도시로 돌아와 철군(撤軍)을 명했다.

아직 요령성에는 반란군의 잔당이 숨어 있었지만 왕국군이 그것까지 처리해 줄 의무는 없었다.

완벽하게 소탕하려면 최소 1년은 걸릴 테니 말이다.

그렇게 요령성을 떠나는 날.

나의 광명대 또한 철수 준비를 하며 바쁘게 움직였다.

"여옥비 아가씨만 두고 가는 게 마음에 걸리네."

상혁이의 푸념이었다.

여옥비와 나름 온종일 붙어 있으며 정이 들었던지 상혁이는 그 뒤로도 그녀를 도와 도시를 안정시켰다.

그러자 옆에 있던 정이준이 위로랍시고 말했다.

"괜찮을 거 같습니다. 뭐 잡일꾼 하나 사라진다고 그렇게 영향이 있을 거라고는……."

말을 끝내지 못하고 얻어맞는 정이준이었다.

정이준 저놈 상혁이한테 맞고 싶어서 일부로 저러나?

그렇게 심수시 남문(南門)으로 가자 이건하와 대화를 나누고 있는 여옥비가 보였다.

이건하와의 대화가 끝난 그녀는 나를 발견하고는 뛰어와 말했다.

"이제 가시는 겁니까?"

"네, 덕분에 잘 쉬다 갑니다."

"아닙니다. 저희 요령성을 구해 준 영웅이신데요."

영웅이라는 말에 나는 주변을 바라봤다.

요령성의 무사들이 존경 어린 시선으로 나를 바라보고 있었다.

내가 소자현을 죽였다는 것은 저잣거리에 파다하게 퍼져 5살짜리 어린아이도 아는 사실이 되었다.

그걸로 끝일까?

당시 현장에 있던 무사들이 나를 염제의 재림이니 뭐니 하며 당시 상황을 과장해 퍼트리기 시작했고 나는 왕국 제일 고수 중 하나로 알려지게 되었다.

그 때문에 거리만 나가도 사람들이 허리를 숙이며 길을 비켜서는 통에 얼굴이 화끈거릴 정도였다

'기분이 나쁘지는 않지만.'

과거에는 한 번도 이런 인기를 누려 본 적이 없기에 주목받는 삶을 살아 보고 싶기도 했지만 이건 좀 너무 부담스럽다.

그렇게 생각할 때 여옥비가 품에서 무언가를 꺼내 건넸다.

"이건 저희 가문의 옥패(玉佩)입니다."

"옥패(玉佩)요?"

"네, 혹시라도 다시 요령성을 찾아 주신다면 이 옥패로 어디서든 귀빈 대접을 받으실 수 있을 겁니다. 선인님께서 베푸신 은혜에 비하면 보잘것없는 것이지만 부디 받아 주십시오."

나는 이건하를 슬쩍 바라봤다.

아무래도 이건 나한테만 주는 물건인 것만 같았다.

'괜찮네.'

이걸 왕국에 가서 보여 준다면 내 위명을 더 올릴 수 있을 것이다.

거기다 훗날 제국으로 넘어와 일을 진행할 때도 큰 도움이 되겠지.

"그럼 감사히 받겠습니다."

나는 천천히 옥패를 받은 뒤 안주머니에 넣었다.

위엄 있게.

염제의 재림처럼 행동하도록 하자.

여옥비는 미소를 지었고 나는 그녀에게 말했다.

"그럼 또 찾아뵙겠습니다."

"기다리고 있겠습니다."

그리고 그때 저 멀리 최도원이 자신의 친구들과 함께 수레를 끌고 오는 것이 보였다.

수레에는 관 하나가 놓여 있었다.

굳이 묻지 않아도 관 속에 든 것이 최지혁 가주님이라는 것쯤은 알 수 있었다.

여옥비가 죄인이 된 듯 뒤로 물러나고 나는 고개를 숙이며 인사하는 최도원을 바라봤다.

무슨 말을 해야 할까?

나는 할 말을 고르다 가장 뻔한 말을 뱉었다.

"……미안하다. 최 가주님이 돌아가신 걸 신경도 못 쓰고 있었네."

"선인님이 미안할 게 뭐가 있습니까? 오히려 제가 감사드려야지."

최도원은 고개를 숙였다.

"아버지의 원수를 갚아 주셔서 감사합니다. 저는 절대로 못 했을 거예요."

나는 아무 말 없이 고개를 끄덕이고는 최도원에게 말했다.

"그런데 괜찮나? 계명에서도 꽤 소란이 일어났을 텐데."

가주가 죽었으니 계명 또한 한번 뒤집힐 것이었다. 그나마 다행이라면 계명의 형제들은 사이가 매우 좋다는 것이었다.

'회귀 전에는 장남이 가주가 되었었지.'

그리고 최도원은 계명의 선봉장이 되어 전장의 귀신으로 악명을 날린다.

역시나 기억과 다를 바 없는 대답이 흘러나왔다.

"이미 형님이 계명으로 돌아와 상황을 수습하고 있다고 합니다. 아무 문제 없을 겁니다."

아무 문제가 없기는.

절대 가만히 두면 안 될 문제가 눈앞에 버젓이 있었다.

"너는?"

"저요?"

최도원은 씁쓸하게 관을 보고는 말했다.

"괜찮습니다. 이번 일로 많이 배웠고요. 전쟁의 본질을 조금은 알 것만 같습니다."

"본질이 뭔데?"

"승자가 정의라는 것을요."

최도원은 잠시 말을 멈추었다가 한숨과 함께 말했다.

"어떤 식으로든 승리를 해야 하는 것이라는 걸 뼈저리게 느꼈습니다."

최도원의 말대로 전쟁은 승리가 가장 중요하다.

아무리 미사여구를 가져다 붙인다고 한들 패자에 대한 기록은 아무것도 남지 않는다.

오히려 부정적인 말만 적히겠지.

하지만 최도원의 미래를 알고 있는 나는 그를 위해 오지랖을 부릴 수밖에 없었다.

"승리가 가장 중요하긴 하지. 하지만 모든 걸 버려 가며 승리를 취하려 들면 결국엔 아무것도 남지 않을 거야. 쉬운 길에는 아무것도 없는 법이니까."

"아버지와 같은 소리를 하시네요."

최도원은 관을 슬쩍 보고는 말했다.

"그렇게 어려운 길을 고집하시다가 아버지는 이렇게 되셨죠."

이전 내가 알던 최도원의 모습이 씁쓸하게 말하는 그와 겹쳐진다.

회귀 전 기록으로 엿봤던 최도원은 말 그대로 기계와 같았다.

이건하가 모든 상황의 수를 계산해 최선을 도출해 낸다면 최도원은 오직 승리라는 두 단어를 위해 싸웠다.

필요하다면 학살하고, 필요하다면 고문했으며, 필요하다면 부하들도 버렸다.

그렇게 무의미한 승리만을 계속하다 결국 죽는다.

눈앞의 최도원 또한 그런 미래를 향해 나아가려 하고 있었다.

그건 왕국을 위해서도 최도원 본인을 위해서도 좋은 일은 아니다.

"그래도 선인님 말이니 새겨듣도록 하겠습니다."

이렇게 결국 아무것도 바꾸지 못하는 것일까?

조금 더 설득을 해 보고 싶었으나 이 이상 말하면 소모적인 언쟁이 될 것이다.

서로 감정만 상하며 바뀌는 것은 없겠지.

'어쩔 수 없는 건가?'

그렇게 마음을 접을 때 여옥비가 내 옆으로 오며 무언가를 속삭였다.

최지혁 가주님에 대한 이야기였다.

그 이야기를 들은 나는 살짝 뒤로 물러나며 말했다.

"그럼 최도원. 네가 앞장서라. 계명이 가장 먼저 이곳에 왔으니 가장 먼저 떠나야지."

"그러겠습니다."

최도원은 군말 없이 고개를 끄덕이고는 문 앞에 섰다.

이윽고 문이 열리고 최도원이 한 걸음을 내디뎠다.

그리고 이제 보게 될 것이다.

최지혁 가주님이 지키려던 것이 무엇인지를 말이다.

◆ ◈ ◆

남문(南門)이 열리고 최도원은 가장 선두에 섰다.

"도원아, 내가 할게."

그의 친구인 임윤호와 정시은이 돕겠다 나섰으나 최도원은 고개를 흔들었다.

"아니야. 내가 해야지."

아버지의 시신이 담긴 수레를 직접 끌며 지금의 분함을 평생 잊지 않을 생각이었다.

그렇게 최도원은 있는 힘껏 수레를 끌며 앞으로 나아갔다.

그리고 그런 그의 눈앞에 예상 밖의 광경이 펼쳐졌다.

도시 밖, 난민촌에서 생활하는 피난민들이 양옆으로 줄을 서 길을 만든 것이었다.

모두 소자현이 방출했던 그 피난민들이었다.

"……."

순간 꺼지라고 외치고 싶은 충동이 거칠게 치솟았다.

아버지는 이 피난민들 때문에 협상을 나갔던 것이다.

이들을 살리기 위해, 이들이 굶어 죽게 하지 않기 위해서 말이다.

그런데 돌아온 것은 배신이었다.

피난민들 사이에 있던 반란군 무사들이 움직인 것이었지만 최도원의 눈에는 다 똑같은 사람으로 보였다.

하지만 이제는 그 무슨 말도 소용이 없다.

그저 입을 꽉 다물고 묵묵히 앞으로 걸어갈 뿐이었다.

그런데 최도원이 한 걸음을 옮길 때마다 모든 피난민이 그를 향해 무릎을 꿇기 시작했다.

아마도 이서하를 향해 예를 표하는 것이겠지.

그렇게 생각하며 계속해서 앞으로 걸어 나갈수록 이유 모를 위화감이 엄습했다.

최도원은 즉시 고개를 돌려 뒤를 바라봤다.

"……."

그 누구도 따라 나오지 않고 있었던 것이다.

최도원이 우두커니 서 있자 이서하가 천천히 다가와 말했다.

"뭐 해? 최 가주님 가시는 길 인사하러 온 사람들이다. 계속 걸어."

"……인사요?"

"모두 알고 있다더라. 피난민을 받기로 한 것이 요령성주님과 최 가주님이라는 걸."

최도원은 침을 삼키며 피난민들을 바라봤다.

죄인의 얼굴로 절을 하며 감사함을 표하는 사람들.

이윽고 잠시 멈췄던 최도원이 다시 걷기 시작하자 피난민들은 차례대로 무릎을 꿇었다.

그렇게 묵묵히 수레를 끌던 최도원은 뒤따라오는 이서하에게 물었다.

"이런 게 지금 와서 무슨 소용입니까? 아버지는 죽었는데."

"정말로 그렇게 생각해?"

이서하의 말에 최도원은 대답하지 않았다.

아버지는 언제나 자기 역할에 충실해야 한다고 말했다.

계명은 왕국을 지키는 검이자 방패이니 절대 현실과 타협하지 않아야 한다고 말이다.

"강하게 크거라. 도원아. 모든 사람을 지킬 수 있도록."

수많은 가르침 중에 그 한마디가 떠올랐다.

아버지는 그런 사람이었다.

그렇기에 존경했었다.

그 어떤 상황에서도 전부를 지키려고 했고 언제나 정도(正道)를 걸었다.

그런데 왜 그의 아들인 나는 이리도 나약한 생각만을 했을까?

'못난 생각을 했습니다. 아버지.'

최도원은 수레에 아버지가 타고 있다고 생각하며 중얼거렸다.

"……더 강해지겠습니다."

절대적 강함이 무엇을 할 수 있는지를 이서하가 보여 주었으니까.

최도원 또한 그처럼 모든 것을 지킬 수 있을 정도로 강해지기로 마음먹었다.

"나는……."

이 나라 경계의 빛.

계명(界明)이니까.

◆ ◈ ◆

요령성 전투 승리 소식은 수도로 빠르게 전달되었다.

"최 가주가 죽었군."

서아라의 보고를 받은 백성엽은 아쉬운 듯 혀를 찼다. 무공 실력이 절대고수라고 말할 수 없으나 그의 사고방식과 충성심만큼은 인정할 수밖에 없었다.

"계명의 가주로는 가장 알맞은 사람이었는데 말이야."

사명감과 실력을 동시에 갖춘 인재였다.

그나마 다행이라면 그의 아들들이 최지혁 못지않게 뛰어나다는 것이었다.

시간만 좀 주어진다면 새로운 시대가 열릴 것이다.

"그리고……."

이서하.

서아라가 보낸 보고서에는 이서하에 대한 정보가 적혀 있었다.

몇 가지는 이미 알고 있던 내용이었고 몇 가지는 새로운 것이었다.

-유아린은 음기 폭주의 위험이 있었으나 어떤 기연을 얻었

는지 정상으로 회복되었습니다. 회복한 그녀는 최소 화경 초입에 다다른 것으로 추정됩니다.

-다른 광명대원들의 실력 또한 심상치 않습니다. 한상혁은 초절정 중에서도 강한 편에 속하며 주지율은 절정 완숙의 단계, 그리고 박민주는 궁귀(弓鬼)라 불러도 손색이 없을 정도입니다.

-대장 이서하의 경우 불안한 면이 있으나 무공 수준이 왕국 10대 고수 안에 들어갈 정도로 성장했습니다. 역시 기연을 얻은 듯싶습니다.

10대 고수.

저잣거리에서 말을 만들기 좋아하는 노인들이 만든 개념이었다.

왕국에서 가장 강한 10명을 말하는 것으로 실제로 왕국 열 손가락 안에 드는 고수라기보다는 상징적인 의미가 더 컸다.

그러나 그것을 서아라가 말한다면 그 의미는 다르다.

'서아라가 이렇게 말할 정도라면……'

사무신 중 10대 고수로 거론되었던 인물은 오직 진명뿐이었다.

그리고 서아라는 진명의 실력을 알고 있다.

'이서하가 진명과 비견될 정도라는 것인가?'

불안한 면이 있다고 첨언하기는 했으나 10대 고수를 언급했다는 것에서 더욱 만족스러웠다.

'벌써 그 정도라니.'

10대 고수 부동의 1위를 차지하고 있는 무신(武神).

이강진과 비슷한 속도라고 볼 수 있었다.

'내 생각이 틀렸다.'

백성엽은 이서하가 이건하, 서아라 같은 젊은 고수들과 함께 이 나라의 기둥이 되어 줄 거라고 생각했다.

사실 후하게 쳐주는 감도 없잖아 있었다.

그러나 이제 생각이 바뀌었다.

"이서하가 새 시대의 무신(武神)이 될 것이다."

백성엽은 미소를 지으며 말했다.

"왕국의 미래가 기대되는구나."

백성엽이 원하는 강대국을 위한 조각이 점점 맞춰지고 있었다.

요령성 전투가 끝나고 계명에 도착한 뒤 최 가주님의 장례가 3일간 치러졌다.

눈물 한 방울 흘리지 않고 수레를 끌던 최도원은 그제야 펑펑 울고는 탈진했다.

그런 그의 옆을 지키고 있을 때 한 남자가 다가왔다.

"동생에게 얘기는 많이 들었습니다. 아버지의 복수를 해 주셨다고요."

최도진.

계명의 차기 가주이자 최도원의 형님이다.

최 가주님의 복수에 성공한 덕분에 그와도 좋은 인연을 만들 수 있었다.

긴 대화를 나누지 못한 건 아쉽지만 상주가 오래 자리를 비울 수도 노릇이다.

그렇게 장례식이 끝나고 최도원이 부담스럽게 허리를 숙이며 말했다.

"강해지겠습니다. 그때까지 조금만 기다려 주십시오."

"야, 너무 그러지 마라. 아무리 내가 선인이어도 전쟁도 끝났는데."

"아닙니다."

최도원은 가슴을 펴고는 말했다.

"아버지에게 부끄럽지 않은 무사가 되어 찾아뵙겠습니다."

저렇게 말해 주니 안심이 된다.

최 가주님에게 부끄럽지 않은 무사가 되기 위해서는 의협을 중요시하며 또한 전투에서 절대 패배하지 않는 이상적인 무사가 되어야 한다.

쉽지 않은 일이다.

아니, 대부분의 이들에게는 불가능한 일.

그러나 무사라면 모두 이상을 좇아야 하지 않을까?

'쉬운 길에서는 아무것도 얻을 수 없으니까.'

회귀 전의 내가 그랬듯이 말이다.

나는 최도원에게 손을 내밀며 말했다.

"기대하고 있을게. 많이 좀 도와줘."

"기대에 부응하겠습니다."

최도원이 내 손을 잡음과 동시에 왼팔, 오른팔이라고 할 수 있는 임윤호와 정시은도 고개를 숙였다.

잠입을 제외한 모든 순간을 최도원과 함께한 이들이다.

죽을 때까지.

좋은 친구들을 가지고 있으니 그는 잘 해낼 것이다.

그렇게 모든 일정을 끝마친 군은 바쁘게 수도로 향했다.

"원정군이 돌아왔다!"

성문이 열리고 안에 들어서자마자 수많은 인파가 나와 환호성을 질러 주었다.

승리를 거두고 돌아온 원정군을 반겨 주는 것이었다.

선두에는 총대장인 이건하.

그리고 그 바로 뒤로 서아라와 이재민이 섰고 나는 그보다 한참 뒤를 따르고 있었다.

행렬은 공을 세운 순서가 아닌 계급순으로 배치되는 것이니 말이다.

"제국군도 못 이긴 반란군을 순식간에 처리했다더군!"

"총대장님 만세!"

이건하는 말 위에서 시선 한 번 돌리지 않고 묵묵히 앞으로 나아갔다.

저런 모습이 더 영웅 같아 보이는 것이겠지.

그때 옆에서 상혁이가 말했다.

"사실 우리가 다 한 거 아니냐? 근데 네 형은 왜 저렇게 당당하냐?"

"원래 저런 사람이니까."

승리한 총대장은 그 존재만으로도 공을 가져가는 셈이다.

게다가 대중은 단순 승패만 전해들을 뿐 전쟁의 세부 내용은 모른다.

그렇다면 총대장이자 가장 유명한 무사인 이건하를 칭송하는 것이 당연하겠지.

상혁이는 볼멘소리로 말했다.

"공을 홀라당 뺏기는 거 같아 짜증 나네."

"괜찮아."

지금 이 환호는 눈먼 영광일 뿐이니까.

"나한테 다 생각이 있어."

나는 환호성을 받는 이건하를 바라보며 중얼거렸다.

"슬슬 자리를 잡아야지."

국왕 전하의 용태가 날이 갈수록 안 좋아지고 있었다.

곧 왕자의 난이 시작될 것이니 그 전에 한 자리 차지하고 있어야만 한다.

고작 광명대 대장으로는 힘이 없으니 말이다.

그렇게 긴 행군을 끝내고 집으로 돌아온 나는 바로 신유민 저하에게로 향했다.

정사를 돌보고 있던 저하는 나를 보자마자 자리에서 일어나며 말했다.

"수고했다. 활약은 익히 들었다. 철혈님과 비견되는 활약이라고 말이야."

이미 나의 활약상이 신유민 저하의 귀에 들어간 모양이다.

"과찬이십니다."

"겸손하구나. 그래, 인사는 이만하면 됐으니 자세한 얘기는 여독을 풀고 하자꾸나."

"그 전에, 사실 부탁이 하나 있어서 왔습니다."

"부탁?"

"네, 이번 논공행상 말입니다."

내 말에 신유민 저하는 고개를 끄덕이며 말했다.

"물론 널 장군으로 임명할 생각이다. 이번 공만 생각한다면 홍의를 입을 수도 있을 거야."

한 번의 전쟁을 승리로 이끈 것치고는 후한 상이었으나 내가 바라는 건 상의 내용이 아니다.

"제가 바라는 건……."

이번 기회에 비상(飛上)할 생각이었다.

◆ ◈ ◆

신유민 저하에게 인사를 드린 나는 이정문의 사무실로 향했다.

내 기대 이상으로 빠르게, 그것도 더 많은 식량을 보내 주었으니 직접 치하해 줘야겠지.

난 그렇게 이정문의 사무실을 열며 안으로 들어갔다.

"오랜만입니다. 이정문 씨."

"나가!"

그와 동시에 먹이 날아왔다.

먹물이 사방으로 튀었으나 나는 공시대보를 사용해 멀찌감치 도망치며 이정문을 바라봤다.

"어머."

이정문은 그제야 나를 발견하고는 입을 가렸다.

아니, 내가 들어오는 줄 알고 던진 게 분명했다.

"선인님 오셨습니까?"

"이거 일부로 던진 거죠?"

"그럴 리가요. 선인님이 오는지 몰랐는데요."

"보고 던지신 거 같아서."

이정문은 빙긋 웃고는 자리에 앉았다.

"제가 일할 때 누가 들어오는 걸 매우 싫어합니다. 아주 싫어해요. 집중이 딱 끊어지는 그 순간을 참을 수가 없어서 말입니다. 아, 그 먹 좀 들고 와 주세요."

"……."

나는 먹을 책상에 내려놓으며 그녀의 앞에 앉았다.

"얼굴이 많이 안 좋아지셨네요."

"네, 누가 이상한 부탁을 해서 30만 명분의 보급을 해내야 했거든요. 그것도 1주일 안에."

이정문은 살기가 가득한 미소를 지으며 서류를 검토했다.

"그나저나 전쟁은 끝났는데 왜 보급을 중지하지 말라는 거죠?"

"요령성 상황이 많이 안 좋습니다. 최소한의 구조 물품은 보내야 할 거 같아서요."

반란군은 진압했으나 그들이 행한 수탈의 후유증은 남은 상태였다.

여옥비가 아무리 똑똑하다고 하더라도 자력으로 회복하기는 힘들부터.

최소한의 지원은 필요하다.

요령성은 왕국의 전초 기지나 다름없으니 말이다.

이정문은 뭔가 불편한지 입술을 실룩거리다가 말했다.

"그러니까 왕국 돈을 선인님 독단으로 사용하겠다는 거네요."

"그렇게 되나요?"

"물론이죠."

이정문은 한숨을 내쉬며 말을 이어 갔다.

"이번 일은 신유민 저하가 무슨 수를 동원해서라도 선인님을 도와주라고 해서 가능했던 일이에요. 앞으로도 이런 식으로 일하면 나라가 파산할 겁니다. 다른 나라 도와주다가 우리나라가 파산하면 안 되잖아요. 그렇게 생각하지 않나요?"

"지당하신 말씀입니다. 그래서 말인데, 휴가 좀 쓰셔야 할 거 같습니다."

"……!"

휴가라는 말에 이정문의 눈에 생기가 돌아오기 시작했다.

쉬고 싶겠지.

병참과 관련된 일의 반 이상을 혼자 처리한 지 벌써 몇 년이니 말이다.

그러나 이내 고개를 흔들었다.

"제가 빠지면 일은 누가 합니까?"

"누군가 빠지면 또 다 하게 됩니다. 물론 여기저기 구멍이 숭숭 뚫리겠지만 설마 고작 일주일 정도 사이에 무슨 일이야 있겠습니까?"

"인간의 무능력을 과소평가하시네요."

이정문은 한숨을 쉬고는 말을 이어 갔다.

"말씀은 감사하지만 저는 일을 하는 게 더 속이 편합니다."

"그럼 명령으로 하죠. 휴가 명령입니다."

"그런 명령도 가능합니까?"

"지금 내리죠. 신유민 저하도 허락할 겁니다."

"……망할 권력."

"네?"

"너무 기쁘다고요. 어머, 휴가 너무 좋아. 어떡해."

욕하는 걸 똑똑히 들었는데.

이정문은 그제야 체념한 듯 말했다.

"좋아요. 이왕 쉬는 거 완벽하게 쉬어야겠네요. 다음 주부터 휴가를 주시죠. 계획은 짜 놓겠습니다."

역시 이정문.

완벽주의자답다.

하지만 어쩌나?

"그쪽 휴가 일정은 이미 제가 다 짜 놓았습니다."

"……선인님이요?"

"네."

"제 휴가인데요?"

"네에."

이정문은 내 말뜻을 이해한 듯 머리를 쓸어 올렸다.

"그러니까 휴가가 아니라 새로운 일을 하라는 거네요?"

"정확합니다."

"선인 시련 때의 실수는 그래도 많이 만회했다고 생각했는데. 혹시 제가 더 큰 실수를 했나요?"

"아닙니다. 이건 이정문 씨에게도 좋은 일입니다. 저만 믿으세요."

좋은 일이고말고.

"은악이라고 경치 좋은 곳에 가서 요양도 하고 앞으로의 일 얘기도 하고. 너무 좋지 않습니까?"

"하하하, 너무 좋아라."

이정문에게는 나의 돈을 맡길 생각이었다.

그녀는 수를 계산하는 데 있어 천부적인 재능을 가지고 있었다.

일에 사사로운 감정을 두지 않고 조금의 실수도 용납하지 않는 꼼꼼함까지.

변승원이 현재 내 상단을 맡아 주고 있었으나 그는 회계보다 현장에 더 어울리는 인재였다.

덕분에 장부에 구멍이 나기 시작했다는 거지.

그걸 이정문이 좀 맡아 줬으면 좋겠다.

"싫다고 하면요?"

"신유민 저하에게 말해서……."

"아……."

내가 무슨 말을 하려는지 이미 눈치를 챈 이정문이었다.

그녀는 마른세수를 한 뒤 굳은 얼굴로 말했다.

"일주일 전에는 말해 주세요. 정리해야 할 게 많으니까."

"그럼 추석이 끝나고 바로 가는 건 어떻습니까?"

마침 왕국에서 가장 큰 축제 중 하나인 추석이 다가오고 있었다.

"어머, 고마워라. 추석에 얼마나 할 일이 많은데 그걸 신경 써 주시네요. 그럼 얘기 다 했으면 꺼져, 아니 나가 주실래요?"

"네, 그럼 수고하세요."

그렇게 이정문의 사무실 문을 닫고 난 앞에 가만히 서서 반응을 기다렸다.

"……꺄아아아아악! 짜증 나아아아아!"

이정문의 비명.

이런 게 재밌는 거 보면 나도 착한 사람은 아닌 모양이다.

◆ ◈ ◆

바람이 시원해지는 9월.

추석(秋夕).

수확제가 시작되며 거리에는 활기가 넘쳤다.

휴가를 받은 나는 친구들과 함께 조식을 먹으며 평온한 하루를 시작했다.

그때 바로 옆 식탁에서 이야기 소리가 들려왔다.

"높디높은 관문. 반란군의 고수들이 지키는 바로 그곳을 이건하 장군님이 맨손으로 올라 적장의 목을 베었다더군."
"오오!"
상혁이는 눈을 가늘게 뜨고 이야기꾼의 말을 듣다가 말했다.
"이야기의 출처가 어딘지 알 거 같은 말이네."
"누가 아니랍니까?"
정이준 역시 불만 가득하게 입술을 내밀었고 지율이는 한숨을 내쉬며 말했다.
"우리들의 공은 없어지더라도 대장의 공은 인정받아야 하는데. 가만히 있으면 안 되는 거 아니야?"
"가만히 있자고."
"대장이 그렇게 말하면 가만히 있겠지만."
지율이는 혀를 찼고 정이준이 말했다.
"저거 분명 신태민 측에서 낸 소문입니다. 이건하 띄우기 하는 거라고요."
정이준의 말대로 내 모든 활약은 이건하의 것으로 포장되어 저잣거리에 나돌았다.
아마 허남재의 작품일 것이다.
나는 답답해하는 정이준에게 말했다.
"놔두자. 어차피 진실은 우리가 알잖아."
"진실은 대중이 아는 게 진실입니다. 논공행상은 알현실에서 저하가 할 거 아닙니까? 우리가 말을 안 하면 이 저잣거리 사람들이 알 길이 없어요."

정이준의 말대로 허남재도 그걸 노린 거다.

일등 공신은 나이니 내 공적을 빼앗을 순 없겠지만, 대중은 현혹할 수 있으니 말이다.

그때 상혁이가 말했다.

"그나저나 논공행상은 언제 시작해? 한참은 지난 거 같은데."

상혁이의 말대로 아직 논공행상은 진행되지 않았다.

큰 전투였던 만큼 전쟁에서 활약한 대장들, 그리고 무사들에게 줄 상을 신중하게 고르고 있는 것이었다.

"훈장 같은 거라도 주면 그걸로 소문내면 되는데. 서하가 훈장이라도 입으면 우리 주장이 더 힘을 받을 거 아니야."

"오, 우리 바보 선배가 좋은 말을 다 하시네."

"뭐? 바보 선배?"

"논공행상이 끝나자마자 제가 소문을 내겠습니다. 자기 건 자기가 챙겨 먹어야죠!"

그때였다.

한 무사가 나에게 다가오더니 말했다.

"광명대 대장님이십니까?"

"네, 그렇습니다."

"오후에 있을 성무대전에 꼭 참석하시라는 신유민 저하의 명령입니다."

"알겠습니다."

무사가 꾸벅 고개를 숙이고 사라졌고 나는 정이준에게 말했다.

"우리 막내 말이 맞아. 자기 건 자기가 챙겨 먹어야지."

슬슬 움직이자.

"가자, 우리 거 챙겨 먹으러."

추석(秋夕).

허남재는 저잣거리에 도는 이야기에 대한 보고를 들으며 흐뭇한 미소를 지었다.

"모두 이건하 장군님을 찬양하고 있습니다."

"그래, 수고했다."

전국의 위대한 가문이 모두 모이는 이날이 이건하의 위상을 올리기에 딱 좋은 날이라고 생각했다.

허남재가 흘린 소문은 딱 한 가지.

총대장 이건하가 요령성의 영웅이 되었다는 것이었다.

자세한 내용은 어차피 소문이 돌면서 부풀려질 테니 말이다.

성무대전에 참석하기 위해 옷을 갈아입던 신태민은 허남재를 슬쩍 보며 말했다.

"괜찮겠나? 거짓 소문은 자칫 잘못하면 역풍으로 올 수 있는데.”

“거짓은 아니지 않습니까? 이건하 선인님이 요령성을 구한 것은 맞으니 말이죠. 소문이 좀 과장되긴 했네요. 천한 것들은 왜 그렇게 덧붙여 말하는 걸 좋아하는지 참.”

“만약 이서하가 올린 전공이 알려지면 건하가 욕을 먹을 수도 있지 않겠나?”

“그건 걱정이 없습니다.”

허남재는 미소를 지었다.

“설사 이서하가 올린 전공을 사람들이 떠든다고 한들 이미 식어 버린 주제일 것입니다. 다른 화두를 던져 주면 될 일이지요.”

그럼 이서하에 대한 논란은 사그라들 것이고 사람들의 뇌리엔 이건하의 업적으로 자리 잡게 될 것이다.

허남재의 말에 신태민은 피식 웃었다.

“그나저나 이서하…….”

백성엽은 서아라의 보고를 요약해 신태민에게 올렸다. 이서하의 현재 무위와 잠재력은 타의 추종을 불허하니 그에게 모든 것을 주더라도 반드시 회유해야 한다는 것이다.

현 대장군은 대의를 위해서라면 뭐든 할 수 있는 사람이니 말이다.

하지만 신태민의 생각은 달랐다.

‘너무 커 버렸어.’

신태민 역시 이서하의 능력에 반한 인물 중 하나였다.

다만 그건 그가 상급 무사니, 이제 백의선인이니 하며 귀여울 시절의 이야기다.

너무 커 버린 이서하의 존재는 신태민에게 불편함으로 다가왔다.

자신이 이 나라의 왕이 되고 싶은 이유는 그 자리가 이 나라의 정점이기 때문.

'만약 왕보다 강한 존재가 있다면…….'

신유철과 이강진.

신태민과 이서하의 할아버지 세대의 이야기다.

당시 이강진은 국왕인 신유철보다 정치적으로도, 물리적으로도 강한 힘을 가질 수 있었다.

그럼에도 철혈은 철저히 자신의 자리를 고수했다.

대장군이 아닌 근위대장이 되었고 왕의 명령 없이는 결코 군을 움직이지 않았다.

한마디로 정치에서 손을 뗀 것이다.

하지만 이서하도 그럴까?

'그간 보여 온 행동을 돌이켜 보면 아니겠지.'

또한 형님, 신유민에게 붙어 있는 이서하를 회유하기 위해서는 온갖 권력을 내줘야 할 것이다.

한번 내준 권력은 회수할 수 없다.

'만약 이서하가 백성엽의 말대로 성장해 철혈과 같은 위상

을 가지게 된다면…….'

신태민이 국왕이 되더라도 이 나라의 본좌가 될 수는 없다.

하늘에 두 개의 태양이 떠 있을 수는 없는 법.

백성엽 장군의 말대로 이서하의 능력이 아깝기는 하지만 그를 취하기에는 너무나도 걸리는 것이 많았다.

'어떻게 할까?'

욕심을 부려 볼까?

아니면 제거하는 쪽이 옳을까?

그렇게 환복이 끝나고 하인들이 나가자 신태민이 입을 열었다.

"백성엽 장군이 보내온 이서하에 대한 보고서는 어떻게 생각하나?"

그리고 허남재는 즉답했다.

"저는 항상 이서하를 제거해야 한다고 말씀드렸습니다. 그 생각이 더 커지면 커졌지 전혀 작아지지는 않았습니다."

"그래."

신태민은 작게 한숨을 내쉬며 말했다.

"상황을 보자꾸나."

대성무대전(大星武對戰).

신유민 저하의 초대장을 받은 이들이 많은지, 나를 비롯한 황금세대가 활약하던 때보다도 더 많은 사람들이 몰려든 것처럼 느껴졌다.

게다가 이번에는 특별히 시민들의 관전도 허가해 저 멀리까지 사람들의 머리가 펼쳐져 있었다.

나는 어떻게든 무대를 보기 위해 고개를 빼 든 사람들을 바라보다 말했다.

“저기서는 안 보이는데.”

“그걸 네가 어떻게 알아?”

“딱 봐도 안 보일 거 같잖아.”

사실대로 말하면 난 저 위치에서 무대를 본 적이 있다. 하급 무사도 되기 전, 성무학관에 다니는 놈들은 도대체 뭐가 다른가 보기 위해 찾아와서 말이지.

그렇게 자리가 슬슬 채워지기 시작할 때였다.

“이건하 장군님이다!”

이건하를 발견한 시민들이 환호하자 신태민은 장난기 어린 얼굴로 이건하의 옆구리를 쿡 찔렀다.

그러자 표정 변화가 없던 이건하는 어색하게 웃어 보이며 손을 흔들었다.

그리고 그것을 본 상혁이가 말했다.

“우와, 나는 저렇게 뻔뻔할 수 없을 거 같다. 서하야.”

“저게 정치야. 뻔뻔해야 살아남을 수 있지.”

이제 배우들이 전부 모였으니 슬슬 시작…….

"국왕 전하 납시오!"

우렁찬 소리와 함께 관람객 모두가 자리에서 일어나 허리를 숙였고 백성들은 바닥에 넙죽 엎드렸다.

이윽고 저 멀리 신유민 저하, 그리고 할아버지와 함께 국왕 전하가 걸어 들어오는 것이 보였다.

오랫동안 요양하던 국왕 전하가 친히 납신 것이었다.

그때 내 뒤편의 양반들이 말하는 소리가 들렸다.

"전하의 안색이 좋아진 거 같은데?"

"거동도 하실 수 있으니 정사도 돌보실 수 있겠구만. 이거 참 다행이네."

아마 무공을 연마하지 않은 이들일 것이다.

이들의 말과는 달리 국왕 전하는 당장 내일이라도 돌아가실 것처럼 건강이 악화된 상태였다.

화장으로 어떻게 안색을 감추었으나 초절정 이상의 무사들은 모두 국왕 전하의 상태를 알 수 있었다.

"나만 힘들어 보이시는 거 아니지?"

상혁이가 알아본 것처럼 말이다.

"아니, 똑바로 봤어."

하지만 국왕 전하는 아무렇지 않은 듯 항상 앉던 지정석에 앉았다.

'아마 아직 건재하다는 걸 보여 주기 위함이겠지.'

나의 개입으로 인해 정치적 대립이 고조된 상태였다.

그 전에는 대부분이 신태민 저하에게 붙었다면 이제는 거의 반반,

아니 오히려 신유민 저하 쪽이 더 강하다고도 볼 정도까지 되었으니 말이다.

그렇기에 모습을 보인 것이다.

내가 이리도 건재하니 경거망동하지 말라고.

'전장에서는 가장 강한 왕이었으나…….'

적어도 후계자 문제에서는 가장 유약한 왕이 아닐까? 겉으로는 신유민 저하를 밀고 있었으나 신태민을 찍어 누르지 못하고 있었으니 말이다.

'결국 손자들에게는 평범한 할아버지다.'

어쨌든 신유민 저하가 내 부탁대로 이 판을 아주 크게 키운 것만 같다.

이윽고 국왕 전하가 손을 앞으로 뻗으며 말했다.

"시작하라."

그와 동시에 대성무대전의 시작을 알리는 부채춤이 시작되었다.

화려한 춤이 끝나고 안내를 맡은 남자가 무대 중앙으로 이동했다.

"그럼 지금부터 대성무대전을……."

그리고 그때였다.

"잠시 실례하지."

신유민 저하가 무대 위로 올라간 것이었다.

미리 말해 놓은 일이 아니었기에 사회자는 당황하며 자리를 비켜 주었다.

"네, 저하! 그런데 무슨 일로……."

신유민 저하는 당황해하는 사회자의 어깨를 두드린 뒤 외쳤다.

"내 친히 치하하고 싶은 게 있어 앞으로 나섰네. 이번 요령성 원정에서 우리 왕국군은 제국군도 당해 내지 못한 고수들을 베어 넘기고 제국에 큰 은혜를 베풀었네. 그리고 그 총대장에는 이건하 장군이 있었지!"

신유민은 이건하를 바라보며 말했다.

"이건하 장군. 내려와서 우리 백성들과 선인들, 그리고 앞으로 왕국의 미래를 책임질 성무학관의 생도들에게 한마디 해 줄 수 있겠나?"

신태민을 비롯한 사무신의 표정은 썩 좋지 않았다.

보통 이러한 연설을 할 때는 미리 언질을 주어 준비할 수 있게끔 하는 것이 정상이었다.

"이건하! 이건하!"

하지만 이를 알지 못하는 이들은 연신 목소리를 높여 이건하의 이름을 외치고 있었다.

이렇게 된 이상 앞으로 나오지 않을 수도 없다.

회장에 모인 백성들의 수만 하더라도 천은 넘어갔고 국왕 전하에 대가문의 사람들이 모두 모인 상황이었으니 말이다.

나는 가주들의 반응을 살폈다.

신평의 박진범, 운성의 한백사, 그리고 다른 대가문의 가주들은 이 상황을 흥미진진하게 내려 보고 있었다.

'하긴, 신유민 저하가 적을 치하하는 모양새니까.'

이건하는 천천히 무대 중앙으로 걸어 나와 신유민 저하에게 다가가 말했다.

그러자 상혁이의 옆에 앉은 정이준이 말했다.

"뭐라고 하는지 안 들리네요."

"귀에 기를 집중해서 잘 들으면 들려."

광명대 전원 그렇게 듣고 있었다.

이건하는 신유민 저하에게 이렇게 말했다.

"무슨 생각이십니까, 저하?"

"그냥 격려의 한마디 정도 해 주게."

이건하는 의심의 눈초리로 신유민 저하를 바라보다가 입을 열었다.

"성무대전에 참가하는 생도들 모두 자신의 실력을 온전히 뽐낼 수 있기를 바랍니다. 이상입니다."

역시 말주변이 없는 이건하답게 아주 짧은 연설이었다. 신유민 저하는 미소와 함께 말했다.

"이번 원정으로 우리 왕국군의 명예를 드높인 이건하 선인에게는 왕가의 보검을 하사하며 군호에 봉한다."

군호는 약 2만 명의 무사를 홀로 이끌 수 있을 정도의 계급으로 한 단계 특진이라고 볼 수 있었다.

그러나 이건하는 사무신으로 이미 군호와 비슷한 권한을 갖고 있으니 계급의 이름만 달라질 뿐 크게 변하는 것은 없다고 볼 수 있었다.

하지만 백성들은 신유민의 말에 환호했다.

"이건하! 이건하! 이건하!"

이건하는 굳은 얼굴로 신유민을 돌아보며 말했다.

"지금 뭐 하시는 겁니까?"

"논공행상 중이네만. 이미 회의가 끝난 상황이라."

"……."

신유민이 빙긋 웃을 때 옆에 있던 정이준이 말했다.

"호오. 이런 생각이셨군요. 대장!"

"뭔 생각? 무슨 생각인데? 이건하 관직 주는 게 우리랑 상관이 있나?"

당연히 상관이 있지.

논공행상은 원래 총대장부터 하는 거다.

그리고 그다음은…….

"또한 이 성무학관 출신으로 무사가 된 지 고작 1년 만에 선인이 되고 또 전쟁에 나가 큰 공을 세운 사람이 있다. 백의

선인 이서하! 앞으로 나오거라.”

일등 공신을 부를 차례다.

이 모든 것이 지금 이 순간을 위한 기초 공사였다는 소리다.

나는 바로 자리에서 일어나 무대로 걸어 나갔다.

‘이제 시작이다.’

비상을 시작한다.

신유민 저하는 나에게 눈인사를 하고는 바로 준비한 대사를 읊었다.

“성무학관 출신 이서하는 이번 요령성 전투에서 포로로 잡힌 성주 대리를 구출하고 두 명의 적장을 베며 왕국군의 위상을 드높인바. 이에 홍의를 하사하며 장군(將軍)에 임한다.”

장군(將軍).

홍의선인의 최초 관직이자 약 천여 명의 무사를 직접 이끌 수 있는 계급이었다.

그 순간 백성들 사이에서 파문이 일어났다.

“잠깐, 적장을 벤 건 이건하 장군님 아니었어?”

“그렇다고 들었는데…….”

“뭐야? 이서하 선인님이 벤 거였어? 그런데 그렇게 소문이 돈 거야?”

이건하에 대한 소문은 전부 허남재의 작품이었다.

그거야 안 봐도 뻔하지.

아마 논공행상이 대부분 비공개로 진행된다는 점을 이용

했을 것이다.

공개적으로 논공행상을 하면 상대적으로 공을 세우지 못한 장군들의 체면이 깎이니 말이다.

그러나 안 하는 것과 못 하는 것은 다르다.

상대가 여론전으로 나온다면 이쪽도 그렇게 받아칠 수밖에.

신유민 저하는 백성들이 떠들 시간을 충분히 준 뒤 이건하를 돌아보며 말했다.

"그렇지요, 이건하 장군?"

진상 규명으로 들어가면 여옥비는 물론 이재민, 그리고 계명까지 내 편을 들 것이다.

이건하는 잠시 뜸을 들이다 고개를 끄덕였다.

"그렇습니다."

순간 백성들의 웅성거림이 커진다.

'고맙다. 허남재.'

내 예상대로 움직여 줘서.

그의 소문 덕분에 이제 사람들은 이건하와 나를 직접적으로 비교할 것이다.

같은 가문 출신으로 각각 신태민, 신유민 두 왕자를 섬기는 젊은 선인.

공통점이 많은 만큼 비교하는 것도 쉬울 것이다.

지금까지야 내 위명이 낮아 상대가 되지 못했으나 이제 다르다.

나는 이건하를 보며 미소를 지었다.

'네가 쌓은 유명세를 타고 올라가 주마.'

그것이 이번 논공행상을 공개적으로 진행하는 목적이었다.

그리고 그와 동시에 백성들이 외치기 시작했다.

"이서하 장군님 만세!"

"만세!"

이제 왕국의 모든 이가 내 이름을 기억할 것이다.

"선인이 되고 1년도 되지 않아서 홍의를 입은 건가?"

"이렇게 빠르게 홍의에 오른 사람이 있었나?"

"저 선인이 지금까지 참여한 전쟁 수를 봐라. 북대우림 원정부터 시작해서 웬만한 백의선인들보다 더 많은 전쟁을 겪었을걸?"

논공행상이 끝나고 모든 사람은 이서하에 관해 떠들었다.

홍의를 준 것이 과하다는 부정부터 그럴 만했다는 주장까지 의견이 분분하다.

대부분의 선인들은 최소 몇 년은 백의를 입고 활약해야 색의(色衣)를 입을 수 있었으니 말이다.

그러나 신태민을 비롯한 그 누구도 이서하가 홍의를 입게 된 것에 공개적으로 항의할 수는 없었다.

색의(色衣) 선인을 임명하는 기준 때문이었다.

- 백의선인 중 큰 공을 세우고 그 능력을 증명한 자는 그에 걸맞은 색의(色衣)를 입을 수 있다.

이것이 색의(色衣) 선인이 되는 기준이었다.

이서하는 북대우림 원정부터 요령성 원정에 이르기까지 참여한 전쟁마다 큰 공을 세웠고 이는 홍의(紅衣) 선인이 되기에 충분한 업적이었으니 말이다.

그렇다고 해서 지금까지의 관례를 무시하는 행위가 용납될 수는 없었다.

신태민은 잠시 쉬는 시간을 이용해 신유민을 만났다.

"이게 무슨 짓입니까? 형님."

"뭘 말하는 거지?"

신유민은 아무것도 모르겠다는 듯이 미소를 지었다.

"똑똑한 형님께서 논공행상을 공개적으로 하지 않는 이유를 모르시지는 않을 겁니다."

"당연히 알고 있다. 우상(偶像)을 만들지 않으며 또한 타 장군들의 명예를 지켜 주기 위함이지."

"그걸 그렇게 잘 아시는 분이 총대장을 조롱거리로 만들었습니까?"

"조롱거리? 난 그를 치하했을 뿐이다."

"정말로 그렇게 생각하십니까?"

"내가 실수한 게 있다면 설명해 주겠나?"

신태민은 입을 다물었다.

논리적으로는 신유민의 말이 맞다.

그는 이건하를 먼저 치하하고 그에 알맞은 상도 내렸으니 말이다.

"……그럼 왜 이서하를 우상으로 만들었습니까? 한 인물이 백성들의 우상이 되어 버리면 왕가의 힘이 약해집니다."

"그럴 수 있지. 맞는 말이야. 그래서 논공행상을 공개적으로 하지 않는 것이었고."

"그러면……."

"하지만 우린 영웅이 필요하지."

신유민은 굳은 얼굴로 말했다.

"외국 상단이 습격받고, 암부가 날뛰며, 제국의 정세까지 불안한데 거기에 국왕 전하 또한 위독하셔서 백성들이 불안에 떨고 있다. 이 시국에 괜찮은 영웅 하나는 필요하지 않겠느냐? 그가 젊고 더 가능성이 높을수록 나라를 하나로 결집시킬 수 있겠지."

신태민은 말로 신유민을 이길 수 없음을 다시금 깨달았다.

물론 신유민이 이 논공행상을 공개적으로 그리고 가장 이목이 많이 쏠리는 이 자리에서 한 이유는 다른 무사들을 깔아뭉개는 한이 있더라도 이서하를 세우기 위함이었다.

총대장인 이건하, 부장이었던 서아라, 그리고 이재민까지 완벽하게 무시하는 처사.

하지만 상관없다고 생각했을 것이다.

이재민은 이서하의 사람이었고 공격받는 것은 신태민 측 사람들뿐이었으니까.

그걸 알지만, 문제를 제기할 수 없다.

그것이 신태민을 열받게 했다.

"……아주 잘 알겠습니다."

그렇게 모든 일정이 끝나고 신태민은 사무신과 함께 자신의 저택으로 향했다.

"이 망할……!"

저택에 도착하자마자 참아 왔던 분노를 폭발시키려던 신태민은 꾹 억누르며 뒤를 돌아봤다.

허남재가 죄인처럼 고개를 숙이고 있었다.

"죄송합니다. 유약했던 신유민 저하가 대중들 앞에서 이렇게까지 나올 줄은……."

"됐다."

신태민은 허남재를 탓하지 않았다.

잘잘못은 나중에.

지금은 더 중요한 일이 남아 있었다.

"이서하를 죽이자고 했지? 그렇게 하자. 수단과 방법을 가리지 말고 확실하게, 그러면서도 신중하게 일을 처리해라."

일말의 망설임도 오늘 사건으로 사라졌다.

"네, 저하."

허남재는 미소를 지었다.

지금까지 이서하를 건드리지 말라는 신태민 때문에 몰래 몰래 움직일 수밖에 없었다.

그 구속이 지금 풀린 것이었다.

그때였다.

"저하, 다시 생각해 보시죠. 이서하는 이 나라에 꼭 필요한 인재입니다."

백성엽의 간언에 신태민은 인상을 찌푸렸다.

"내가 왕이 되지 못하면 아무 소용 없는 거 아니겠습니까? 장군."

"신유민 저하 측의 무사들을 전부 죽이며 왕이 되신다고 해도 저하가 원하는 제국 정벌과 동부 왕국 정벌은 불가능할 겁니다. 부디 한 번 더 생각해 주시죠."

"난 뜻을 굳혔습니다. 장군."

하고 싶은 말이 많았으나 백성엽은 꾹 참으며 입을 다물었다.

신태민은 그런 백성엽을 가만히 바라보다 저택 안으로 들어갔고 이건하와 진명이 그 뒤를 따랐다.

"완전히 생각을 굳히신 거 같은데요?"

서아라의 말에 백성엽은 고개를 끄덕였다.

보수적인 신유민과 달리 신태민에게는 정복왕(征服王)의 자질이 있다고 믿었다.

'권력을 이용해 뜻을 이루고 싶었던 것인가? 아니면 그저 권력을 잡고 싶었던 것인가?'

생각이 많아지기 시작했다.

Chapter 79.

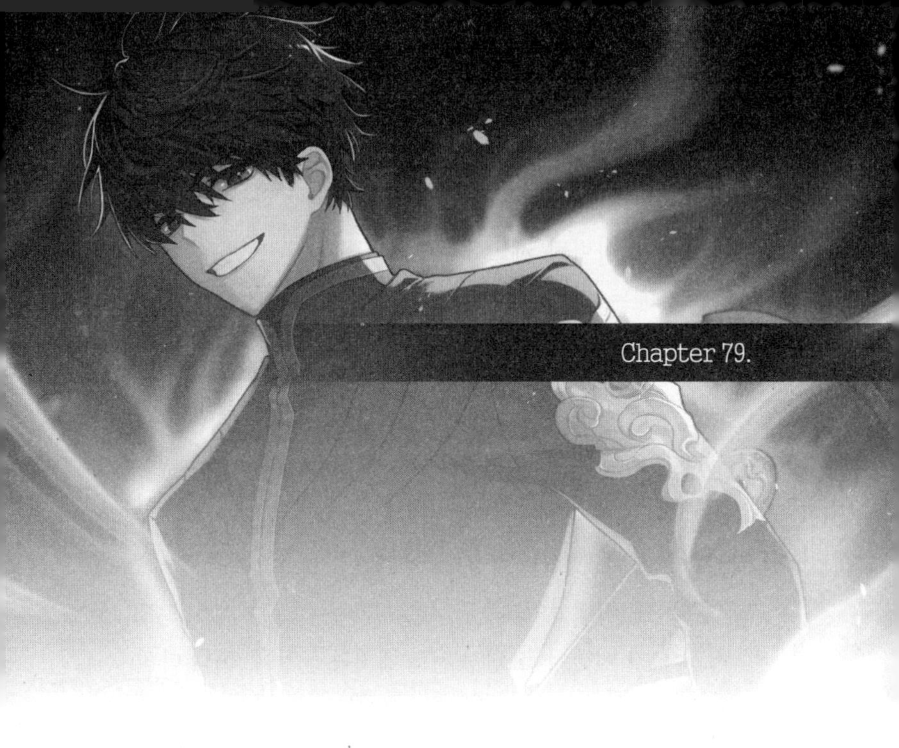

Chapter 79.

성무대전이 끝나고 광명대는 뿔뿔이 흩어졌다.

상혁이는 은악 사람들을, 이준이는 자기 어머니를, 지율이는 자기 마을 사람들을 챙겨야 했으니 말이다.

그사이 나는 아버지와 함께 오랜만에 만난 가주님들에게 인사를 하고 다녔다.

그렇게 처음으로 만난 것은 신평의 박진범 가주님이었다.

박 가주님은 모두가 들으라는 듯 크게 손뼉을 치며 나에게 말했다.

"그 나이에 홍의라니. 왕국 역사상 가장 빠른 거 아닌가? 역시 우리 민아 사위로 들이려던 남자답구나. 하하하! 어때?

지금이라도 신평에 들어오는 건 어떠냐? 우리 민아가 성격은 좀 더러워도 생긴 건 또 신평 제일 아니겠느냐? 하하하!"

"……하아. 아버지. 제발요."

민아 선배는 창피한지 이마를 짚으며 고개를 절레절레 흔들었다.

선인 시련을 같이 치른 뒤 민아 선배는 신평으로 돌아가 지역 안정에 힘을 썼다.

그게 벌써 9개월이나 지난 일이니 꽤 오랜만에 보는 것이었다.

"선배도 잘 지내셨어요?"

"응? 어, 잘 지냈지. 요령성 전투 얘기는 들었어. 어디 다친 데는……."

"언니이이이이!"

어색하게 말을 걸어오는 민아 선배에게 민주가 팔짱을 끼고는 환하게 웃었다.

"오랜만이야! 나 보고 싶었지?"

"어? 어, 보고 싶었지."

"아!"

민주는 내 눈치를 보고는 민아 선배의 귀에 대고 속삭였다.

"혹시 내가 아니라 다른 사람 보고 싶었던 건 아니지? 그러면 실망…… 꺄악!"

다 들린다. 들려.

얼굴을 붉히고 민주의 옆구리를 꼬집는 민아 선배였다.

아무래도 저쪽 집안은 나랑 민아 선배를 엮고 싶어 하는 것만 같다.

그때였다.

"오랜만입니다. 박 가주님. 유현성입니다."

때마침 우리 후암의 단장님이 등장했다. 박진범은 인위적인 미소와 함께 유현성을 바라보며 손을 내밀었다.

"아, 유 가주님. 반갑습니다. 참, 조금만 기다렸다 오시지 이거 또 우리 이 선인과 함께 있을 때 나타나고 그러시나?"

"바늘 가는 데 실 간다고 하지 않습니까? 제가 우리 이 선인과는 인연이 깊어서."

"저희 가문도 꽤 인연이 깊은데 말입니다."

"우리 쪽이 조금 더 깊습니다."

"화강 같은 변방이 청신 같은 중앙 가문과 인연이 그렇게 깊을 수가 없는데 참 신기하군요."

"하하하, 신평같이 폐쇄적인 곳이 이 선인과 인연이 깊은 게 더 신기한 일 아니겠습니까?"

이 아저씨들 뭐 하는 건지 모르겠다.

그리고 그때 풍란 향이 확 풍겨 왔다.

유아린.

그녀가 등장하자 모두의 시선이 나에게서 아린이에게로 옮겨 갔다.

"안녕하십니까? 가주님. 화강의 유아린입니다."

박진범은 자기도 모르게 멍하니 아린이를 바라보다 정신을 차리고는 민아 선배에게 속삭였다.

"힘내라. 아빠는 우리 민아가 제일 예쁘다. 넌 이길 수 있어."

"아버지. 제발요."

민아 선배는 모든 것을 체념한 듯 한숨을 내쉬었다.

그 이후 나에게 축하 인사를 하러 온, 아니 정확히 말하면 줄을 서기 위해 온 사람들과 모두 인사를 나눈 나는 아버지와 함께 앉아 한숨을 돌렸다.

"우리 서하가 인기가 많구나."

"다들 권력 보고 오는 거죠."

"그래, 그래서 내 며느리는 누가 될 거 같으냐?"

"며느리는……. 네?"

아버지는 심각한 얼굴로 말했다.

"이번에 내가 죽을 뻔하지 않았냐? 이 나라의 미래이자 최연소 홍의선인, 거기에 신유민 저하의 오른팔인 이서하가 나를 살려 주긴 했지만 말이지."

"……."

지금 비꼬는 게 분명하다.

아버지는 혼자 웃으며 말을 이어 갔다.

"그렇게 죽는다고 생각하니 손주가 보고 싶더구나. 이왕 한 번 더 살게 된 거 내 꼭 손주는 보고 가야겠다 싶었지."

"그건 불가능합니다. 전 독신주의이기 때문에……."

"그러지 말거라 서하야. 내가 손주도 못 보고 하늘에 가면 네 엄마에게 할 말이 없다."

"……."

호오, 여기서 엄마 이야기를 꺼낸다는 거지?

이거 완전 진심인데.

그렇게 내가 아무 말도 하지 못하자 아버지는 주머니에서 동그란 환약을 꺼내며 말했다.

"내가 그래서 몸에 좋다는 환약을 지어 왔다."

그리고는 세상 진지한 얼굴로 말했다.

"신평이냐? 화강이냐?"

미친 박력에 할 말을 잃은 그 순간이었다.

"저기……."

한 남자가 쭈뼛쭈뼛 걸어와 나에게 말을 걸었다.

면목이 없는 듯 고개를 푹 숙인 남자.

그는 내가 익히 잘 아는 사람이었다.

"잠깐 시간 괜찮을까……요."

한영수.

운성 한씨 가문의 후계자였던 사람이다.

후계자였던 사람이라고 말하는 이유는 그가 더 이상 한백사의 신임을 받고 있지 않기 때문이다.

만약 한백사가 아직도 한영수를 가주로 만들 생각이었다

면 1년이 넘도록 수도 수비대에 넣어 놓고 허송세월을 보내게 만들지는 않았겠지.

"친구니?"

"아뇨, 친구는 아니죠."

"하하하, 그러니?"

내 말에 아버지가 민망한 얼굴로 한영수를 바라봤다.

같은 학관에서 공부했다고 모두가 친구인 것은 아니다.

굳이 말하자면 원수나 다름없지.

그래도 저렇게까지 와서 부탁하면 내 성격에 또 시간을 안 내줄 수는 없지 않은가?

"잠시 얘기 좀 나누고 가겠습니다."

"그래, 그럼 어느 쪽으로 갈지 마음의 결정을 내리고 오거라."

"……."

저 아저씨 포기를 안 하네.

그렇게까지 손주가 보고 싶은 걸까?

어쨌든 그렇게 아버지가 자리를 비켜 주자 한영수가 내 앞에 앉았다.

나는 먼저 입을 열었다.

"하고 싶은 말이 뭐냐?"

지금의 한영수는 회귀 전 그 악랄하고 생각 없던 놈이 아닌 듯싶었다.

적어도 수비대에서 1년을 넘게 조용히 임무를 수행하며 지냈으니 말이다.

하지만 그렇다고 해서 한영수에 대한 나의 생각이 바뀐 것은 아니었다.

애초에 인간은 잘 변하지 않으니까.

그렇기에 회귀를 고려했을 때부터 운성은 버리고 가는 것으로 계획을 짜 놓았다.

한백사가 건재하고, 한영수 또한 현 가주 못지않은 더러운 정치인이었으니 말이다.

괜히 이들을 교화시켜 보겠다고 시간을 버리는 것보다 계명, 신평을 끌어들이는 쪽이 더 나은 계획이라고 생각했다.

그렇게 한영수는 한참을 꼼지락거리다 말했다.

"그게, 부탁 좀 하고 싶은 게 있어서 이렇게 찾아왔어……요."

"쓸데없는 존댓말은 집어치우고 본론만 말해."

한영수는 나를 힐끗 보더니 결심한 듯 빠르게 말했다.

"나 운성의 가주가 되고 싶다."

"그럼 되면 되잖아. 한 가주님도 너를 좋아했었고. 지금은 좀 문제가 있는 거 같지만 다시 가서 납작 엎드려. 그럼 가주가 될 수 있을 거야."

"아니, 그런 가주 말고."

한영수는 벌벌 떠는 목소리로 말했다.

"할아버지의 힘이 아닌, 나의 힘으로 가주가 되고 싶어서 이렇게 부탁한다."

그리고는 벌떡 일어나 허리를 숙이며 말했다.

"나와 함께 운성으로 가 줬으면 한다. 부탁이다. 이서하."

눈을 질끈 감는 한영수.

자기 딴에는 자존심 다 내려놓고 부탁하는 것이겠지.

자기 잘난 맛에 살던 한영수가 나에게 고개를 숙일 정도라면 이미 밑바닥까지 떨어졌다는 소리다.

나는 그런 한영수의 모습에 크게 감명받아 말했다.

"싫어."

"고맙…… 응?"

"싫다고."

그것이 나의 대답이었다.

한영수가 한백사의 그늘에서 벗어나 홀로서기를 시작한 것은 소성무대전 때로 돌아간다.

당시 한영수는 영약을 먹어 가며 규칙을 어기면서까지 이서하와 싸웠다.

그러나 그는 패배했고 그 이후 한백사는 한영수에 대한 기대감을 접었다.

빠르게 손자의 가능성을 재단한 것이었다.

"앞으로는 조용히 다니며 학관만 졸업하거라."

원래 계획대로라면 성무대전을 우승한 뒤 수석으로 졸업시켜 운성의 차기 가주에 걸맞은 명예를 얻게 할 생각이었다.

그러나 이서하는 한영수가 이길 수 없는 존재.

그렇기에 승패가 뻔한 싸움을 계속하기보다는 조용히 성무학관 졸업이라는 이력만 얻어 가기로 한 것이다.

허나, 한영수는 인정할 수 없었다.

어린 나이에 한계를 논하는 것이 싫었기 때문이었다.

“이길 수 있습니다. 할아버지!”

“굳이 상대가 잘하는 곳에서 싸울 필요는 없다. 조용히 졸업하고 무과만 통과한 뒤 운성에서 일해라. 내가 시키는 대로 하면 가주가 될 수 있을 거다.”

그리고 그때.

처음으로 한영수는 할아버지의 뜻에 반발했다.

“지금까지는 우습게 봐서 그렇습니다. 노력만 하면 못 이길 게 어딨겠습니까! 두고 보십시오. 제가 이기겠습니다. 제가 꼭……!”

그 순간.

한백사의 시선에 한영수는 입을 다물었다.

마치 벌레를 보듯 내려다보는 시선,

손자를 보는 시선이라고는 믿기지 않았다.

그리고 한백사는 작은 한숨과 함께 말했다.

“그래, 그럼 해 봐라. 대신 네 힘으로 해야 할 것이다.”

"……그러겠습니다."

한영수는 분함에 외쳤다.

"제가 얼마나 할 수 있는지를 보여 드리죠."

그때까지만 해도 한영수는 매일 밤 이서하를 이기고 성무학관 최강자가 된 자신을 상상했다.

'나라고 못 할 것 없다.'

상상만 한 것은 아니었다.

한영수는 매일 꼭두새벽에 일어나 수련을 시작했다.

교관에게 수련 방법을 짜 달라고 했고 하루도 빠짐없이 이를 반복했다.

이서하만큼 한다.

아니, 이서하보다 많이 수련한다.

지금까지는 할 필요가 없었을 뿐.

하면 잘할 수 있다고 생각했다.

그리고 그 결과.

한영수는 지극히 평범한 성적으로 성무학관을 졸업했다.

"왜 평범하냐고!"

절망스러웠다.

아무리 재능의 차이가 있다고 하더라도 이렇게까지 차이나면 안 되는 거 아닌가?

나름 어렸을 적부터 좋은 영약이라는 영약은 다 먹으면서 그렇게 단전을 만들었는데 도대체 왜 이서하의 발끝도 따라

갈 수 없는가?

심지어 이서하는 무과에서 벌어진 사건마저 멋있게 처리하며 장원 급제를 차지했고, 반면 한영수는 하급 무사로 이서하를 축하하는 곁다리 역할을 맡았다.

그래도 무과 전에는 같은 성무학관 생도였다.

그러나 지금은 상급 무사와 하급 무사.

이서하는 한영수가 따라잡을 수 없는 높은 곳으로 날아가고 있었다.

그렇게 절망감에 휩싸여 귀가한 한영수에게 한 남자가 찾아왔다.

"이제 네 주제를 알았느냐?"

평생을 할아버지 밑에서 개처럼 일한 아버지였다.

그래도 나의 아버지가 아닌가.

그런데 네 주제라니.

"……뭐 하러 오셨습니까?"

"지금이라도 운성으로 돌아가자. 가주님께 용서를 빈다면 아직 늦지 않았다."

"제가 용서를 빌 게 뭐가 있습니까?"

"네 주제를 모르고 운성의 이름에 먹칠을 하지 않았느냐?"

"……."

한심한 아버지라고 생각했다.

친부를 가주님이라 부르며 평생 자기 의견 한번을 말하지 못한 아버지였다.

평생을 땅만 바라보며 인형처럼 '네'만 반복하며 사는 꼴이 너무나도 하찮게만 보였다.

그래도 욕 한 번 한 적 없었다.

아버지였으니까.

하지만 이번에는 턱 밑까지 상스러운 소리가 올라왔다.

억지로 그 말을 참아 낸 한영수에게 아버지는 말을 이어 갔다.

"가주님은 아직 너의 행동을 가벼운 일탈로 보고 계신다. 이번 기회에 자기 주제를 깨닫고 돌아올 것이라고 말이야. 그러니 돌아가자꾸나. 넌 이서하처럼 될 수 없다."

"……그렇겠죠."

이번 무과로 확신이 들었다.

절대로 이서하처럼은 될 수 없을 것이라고 말이다.

"고작 하급 무사 따위가 장원 급제를 한 천재처럼 될 수는 없겠죠."

운성의 지원이 끊겼을 때.

한영수는 지독한 절망감에 빠졌었다.

뭐든 가능하다고 생각했던 것들이 전부 운성의 힘이었고 자신은 평범하기 짝이 없는 무사 생도일 뿐이었으니까.

그때 처음으로 오기가 생겼다.

'그래, 내 주제를 알아야지.'

이대로 혼자 아무것도 이루지 못한 채 가주가 된다면 할아버지의 꼭두각시가 될 뿐이다.

그렇기에 여기서 멈출 수는 없다.

아버지처럼 땅만 보고 살 생각은 없으니까.

"그래서 더욱 돌아갈 수 없습니다."

한영수는 마음을 굳혔다.

"어떻게든 이서하를 넘고 내 가치를 증명해 보이겠습니다."

그리고 1년 9개월이 지났다.

내년이면 20살.

한영수는 아직도 이름 없는 수비대의 중급 무사일 뿐이었다.

그리고 운명의 시간이 다가오고 있었다.

- 올해 말에는 일정을 비워 둬라. 모두 운성으로 모이라는 가주님의 지시다.

육촌 형인 한태규의 말이었다.

그 누구도 한영수에게 자세한 내용을 알려 주지 않았으나 그는 연말 모임이 그저 안부나 나누기 위함이 아니라는 걸 잘 알고 있었다.

'신권대회(新權大會)겠지.'

신권대회(新權大會)

운성의 일가친척들이 모두 모여 자신의 능력을 겨루어 차기 가주 및 요직에 앉을 자들을 선출하는 대회였다.

특이한 점은 인맥 또한 참가자의 능력으로 친다는 것이었다.

그렇다고 하더라도 운성과 인연을 끊고 홀로서기에 도전한 한영수에게 있어 그럴듯한 인맥이라고는 이서하뿐이었다.

'혼자만의 힘은 아니지만…….'

그래도 할아버지 한백사가 만들어 준 인맥이 아닌 자기 자신이 스스로 만든 인맥으로 신권대회에서 좋은 모습을 보인다면 그 누구도 자신을 무시할 수 없으리라.

그렇게 생각한 한영수는 눈을 질끈 감으며 생각했다.

"딱 한 번만 고개를 숙이자."

이서하는 한영수가 아는 그 누구보다도 선한 인물이었다.

도움이 필요한 이를 절대 무시하지 않으리라.

"이서하라면 나를 도와줄 거야."

한영수는 그렇게 기대에 부풀어 이서하를 찾았다.

그리고 때마침 홍의선인이 되며 더욱 자랑스러운 동기가 된 이서하에게 고개를 숙이며 부탁했다.

"나와 함께 운성으로 가 줬으면 한다. 부탁이다. 이서하."

모든 자존심을 내려놓고.

지금까지 스스로 경쟁자라 여겼던 이에게 굽히고 들어간다.

이서하라면 이 진심을 몰라주지 않을…….

"싫어."

"고맙…… 응?"

상상도 못 한 대답이었다.

"싫다고."

동공이 흔들리고, 식은땀이 등을 적신다.

한영수는 말을 더듬으며 말했다.

"……싫다고? 왜?"

"애초에 도와줄 거로 생각한 게 이상한 거 아니야? 네가 예쁜 짓 하나를 하기를 했냐?"

"다른 애들은 잘만 도와줬잖아!"

이서하는 재고할 가치도 없다는 듯 냉정하게 등을 돌렸다.

"같이 운성에 가서 뭘 해 달라는 건지는 모르겠지만 다른 사람 찾아봐라."

그렇게 이서하가 떠난다.

한영수는 그저 바라볼 수밖에 없었다.

그리고 이서하가 보이지 않을 정도로 멀어지자 그는 있는 힘껏 돌 탁자를 걷어차며 외쳤다.

"씨바아아아악!"

발을 잡고 방방 뛰던 한영수는 그대로 주저앉아 고개를 숙였다.

수락해 줄지 알았다.

고개만 숙이고 진심으로 부탁한다면 이서하 그놈이 부탁을 들어줄 줄 알았다.

"다른 애들은 잘 도와줬잖아."

한상혁도, 주지율도, 박민주도 잘만 도와주지 않았나?

그들이 뭐 얼마나 대단한 도움을 줬다고.

그냥 만나서 친하게 말이나 섞은 것만으로도 발 벗고 나서서 그들의 일을 돕지 않았던가?

근데 왜 나는 안 되나?

"내가 뭘 그렇게 잘못했다고……."

그렇게 중얼거리던 한영수는 입을 다물었다.

많이 잘못하긴 했지.

"……사과부터 했어야 했는데. 이 멍청이! 또라이! 병신!"

그렇게 한숨을 내쉬던 한영수는 나지막이 중얼거렸다.

"이제 신권대회(新權大會) 어쩌지?"

하늘만 바라보던 한영수는 굳은 다짐과 함께 말했다.

"이대로 포기할 수는 없지."

여기까지 버텼는데 어찌 그냥 물러날 수는 있겠는가?

"무슨 수를 써서라도 나를 도와줄 수밖에 없게 만들겠어."

한영수의 눈빛이 한백사처럼 빛이 났다.

출근길.

나는 상혁이와 아린이, 그리고 지율이와 함께 걸어가며 어제 있었던 일을 말해 주었다.

"그거 미친놈이네."

"그러니까."

"참 나, 어이가 없어서. 그 새끼 지가 한 일을 기억은 한대?"

"몰라. 사과도 없던데?"

"그렇지? 한번 쓰레기는 영원한 쓰레기지."

내 말을 들은 상혁이는 어이가 없다는 듯 출근길 내내 한영수를 씹기 시작했고 나는 그저 고개를 숙이며 동조해 줄 뿐이었다.

사실 생각해 보면 한영수가 나한테 뭔가를 한 적은 많지 않았다.

아니, 정확히 말하면 전부 실패해서 딱히 내가 손해 보는 일이 없었을 뿐인가?

물론 그렇다고 해서 그의 비열한 짓들이 전부 용서되는 것은 아니었다.

당장 상혁이의 가족과도 같은 주은희를 인질로 잡고 더러운 짓을 일삼았으니 말이다.

'엄밀히 말해 그것도 한백사가 한 것이긴 하지만…….'

결국 한영수도 한백사와 한 몸이었으니 그에게도 책임을 묻지 않을 수는 없지.

"절대로 도와주지 마."

"당연하지. 걱정 마라."

상혁이 때문이라도 난 한영수를 도와주지 않을 생각이다.

이게 또 너무 착하기만 한 사람은 우유부단하다고 욕을 먹기 마련이다.

내 편 네 편을 확실하게 하지 않으면 회색분자라고 따돌림 당하기 십상이니 말이다.

절대로 경험담은 아니다.

이 사람한테도 잘 보이고, 저 사람한테도 잘 보이려다가 양쪽한테 버림받은 적 따위는 절대 없다.

암, 그렇고말고.

“무슨 생각을 그렇게 하냐?”

“그냥 옛날 생각.”

안 좋은 기억이 또 떠올랐다.

어쨌든 그렇게 회의실이 있는 병조에 들어선 나는 주변을 돌아보며 말했다.

“이 회의실도 이제 마지막이구나.”

홍의선인, 거기에 장군이 된 만큼 곧 개인 병영을 갖게 될 것이었다.

천 명이 훈련할 수 있는 거대한 연병장과 작전회의실, 거기다 내 개인 병참부원과 훈련 교관의 숙소까지 딸린 그런 거대한 병영을 말이다.

그렇게 가을의 바람을 맞으며 감상에 젖어 있을 때였다.

“야, 너 여기서 뭐 하냐?”

“이분 누굽니까?”

“아, 우리 동기인데. 너 왜 여기서 자빠져 있어?”

저 멀리 민주와 이준이의 목소리가 들려왔다.

"죽은 거 아니에요?"

이준이는 땅바닥에 오체투지(五體投地) 자세로 엎드려 있는 남자를 발로 쿡쿡 찔렀다.

"야! 발로 그렇게 찌르지 마! 그래도 우리 동기란 말이야!"

착한 민주가 말려 준다.

"저기 나뭇가지 있으니까 그걸로 찔러. 발은 좀 아니지."

착하단 말은 취소다.

어쨌든 저놈의 정체를 멀리서도 알 것만 같다.

"뭐야?"

아직까지 정체를 알아보지 못한 상혁이는 조금 더 가까이 다가가더니 인상을 찌푸리며 말했다.

"한영수?"

"이야, 나뭇가지로 찌르는데도 안 일어나네요. 움찔거리기만 하고."

정이준이 재밌다는 듯이 찌르고 있었고 아린이는 신경도 쓰지 않고 회의실로 들어가며 말했다.

"뭐 해? 우리 청소하러 온 거잖아. 그런 거 건드리면서 놀지 말고 빨리 움직여."

그러자 민주가 말했다.

"이건 어쩌고?"

아린이야 그렇다 치더라도 민주마저 물건 취급을 하고 있다.

"쯧, 귀찮으니까 저기 던져 버려."

"에이, 던지는 건 그렇다. 아린이 넌 너무 냉정해."

그리고는 이준이에게 말했다.

"이준아. 얘 옆으로 치우자."

그거나 저거나 뭐가 다른 거냐?

나는 진짜로 옆으로 던질 기세로 다가가는 이준이를 말리며 말했다.

"……잠깐, 나 기다린 거 같은데 말이나 들어 보자."

내가 그렇게 말하는 순간이었다.

"왔구나. 서하야."

한영수는 고개를 들지도 않고 말했다.

나름 오체투지 자세를 유지하는 것이겠지.

한영수는 떨리는 목소리로 말했다.

"지금까지 내가 한 모든 잘못을 사죄하마. 서하야. 한 번만 도와줘라. 제발."

"언제부터 여기 있었냐?"

"묘시(오전 5시) 초부터."

"뭐야? 그럼 거의 두 시진을 계속 그 자세로 기다린 거야?"

"……내 잘못을 뉘우치는 데 이 정도는 해야 한다고 생각했다."

"호오."

이건 감명받지 않을 수 없다.

나는 고개를 끄덕이고는 말했다.

"그래, 알았다."

"그럼 나와 함께……!"

한영수가 고개를 드는 그 순간 나는 지율이를 돌아보며 말했다.

"지율아. 이준이랑 이 친구 저기 옆으로 옮겨. 짐 빼는 데 방해되니까."

홍의(紅衣)도 받아야 하니 빨리 회의실 청소나 시작하자.

그날 이후.

한영수는 매일같이 내 앞으로 찾아와 자기와 함께 운성으로 가 달라고 부탁했다.

홍의를 받는 그 순간에도.

"축하합니다! 홍의선인님!"

다 같이 저녁을 먹으러 간 곳에서도.

"이런 곳에서 우연히 만나다니! 이거 참 우리가 인연이긴 한가 봐?"

그렇게 우연을 가장해 다가와 다짜고짜 계산하고 나갔다.

저 자식 돈이라고는 수비대에서 받는 월급밖에 없지 않나?

어쨌든 자기 딴에는 환심을 사겠다고 저러는 거 같았지만 굉장히 불편하다.

그렇게 3일째가 되는 날.

결국 상혁이가 터졌다.

"너 민폐인 거 아냐?"

한영수는 민망한 표정을 짓다가 이내 표정을 굳히며 말했다.

"……난 서하를 보러 온 거야. 너 따위가 신경 쓸 일이 아니다."

아린이의 무시, 민주의 연민, 그리고 이준이의 비웃음을 들으면서도 최대한 내색 안 하던 한영수였지만 아직 상혁이에게는 무시당하고 싶지 않은 듯싶었다.

나는 신경전을 벌이는 두 사람을 바라보다 말했다.

"알았다. 그럼 이야기는 들어 주마."

이대로 계속 무시하자니 앞으로도 계속 따라올 기세다. 연말이라고 했었으니 앞으로 최소 한두 달은 더 따라다닐 텐데 그러면 귀찮아서 살 수가 없다.

이 정도 했으면 이야기를 들어 주는 것쯤은 괜찮겠지.

"진짜? 안 그래도 내가 싹 다 정리해 왔지. 잠깐만. 여기, 여기 앉으면 되겠다."

허둥거리며 큰 돌을 주워 오는 한영수.

상혁이는 탐탁지 않은 얼굴로 말했다.

"필요해서 저러는 거야. 한영수, 저놈 도와주고 나면 입 싹 닦을 거다."

"내가 도와줄까 봐 그러는 거야?"

"이야기를 들어 준다며? 도와주려는 거 아니야? 너도 좀 무른 면이 있어서 좀 그래."

너만큼이야 하겠냐? 상혁아.

"걱정도 팔자다. 이야기를 듣자는 건 말이야, 한영수 저놈이 어느 정도로 간절한지를 보자는 거야."

"그걸 어떻게 보려고?"

"간절한 사람은 다 빼 주기 마련이거든."

마치 내가 비고를 털 때처럼 말이다.

천우진과 함께 추평비고에 들어갔던 나는 모든 것을 버리고 귀혼갑, 현철쌍검, 그리고 공청석유만 들고 밖으로 나왔다.

그 때문에 암부는 부자가 되었고 천우진은 수많은 명검을 얻었으나 그렇다고 아쉬운 마음이 들었냐?

그건 또 아니다.

난 내가 원하던 것을 얻었으니 말이다.

그것이 간절함이라는 거다.

만약 한영수가 간절하게 가주가 되고 싶다면 가주라는 이름을 얻기 위해 모든 것을 버릴 수 있을 터.

나는 상혁이에게 말했다.

"저 녀석이 가주가 되기 위해 어디까지 포기할 수 있는지 들어나 보자."

회귀를 하기 전 나는 운성을 깔끔하게 포기하는 쪽으로 마음을 다잡았다.

그러나 상황이 바뀌어 운성까지 받아먹을 수 있다면 굳이

제 발로 찾아온 기회를 거절할 이유는 없지 않겠는가?

가문의 선악은 차치하더라도 운성은 왕국 최대 규모의 경제력을 가지고 있는 가문이었으니 말이다.

그렇게 나를 비롯해 광명대원들이 모두 둘러싼 상태에서 한영수는 급한 듯 입을 열었다.

"이번 연말에 신권대회가 열릴 거야. 네가 거기에 함께 가줬으면 해서."

"신권대회?"

나의 말에 한영수가 바로 고개를 끄덕였다.

"운성의 일가친척이 모여 자기 능력을 겨루고 차기 가주를 뽑는 대회야. 운성에서는 아주 중요한 대회지."

새로운 권력자들이 모이는 회의라는 뜻의 신권대회(新權大會)는 매우 유명하다.

운성만의 차별화된 후계 선정 방식으로 초기에는 매우 공정하게 진행되었다고 한다.

그러나 이 또한 부패하긴 마찬가지였다.

'이 못난 놈이 가주가 될 정도라면 그 대회도 이미 맛이 간 상태겠지.'

나는 일단 모르는 척 고개를 끄덕인 뒤 말했다.

"근데 운성의 일가친척이 능력을 겨루는 대회라면 내가 같이 가는 건 별 도움이 안 될 텐데?"

"아, 그게 대리인을 부를 수도 있거든. 예를 들어 비무 같은 경우는 직접 참가하는 경우가 더 적어."

"뛰어난 부하를 두는 것도 능력이다?"

"맞아. 그런 거지."

"근데 난 네 부하가 아니잖아."

"친구도 대리 무사가 될 수 있거든. 운성에서는 인맥도 실력이니까."

"그래서 나한테 대리 무사가 되어 달라고?"

그러자 뒤에서 살기가 피어올랐다.

"내가 생각할 때 한영수한테는 그럴 가치가 없어. 괜히 네가 가서 고생할 필요가 없을 거 같은데?"

아린이가 말하자 주지율이 격하게 고개를 끄덕였다.

"맞아. 저 모자란 놈의 부하가 될 필요는 없지. 광명대 체면이 있는데."

"친구라니까!"

한영수는 그렇게 소리를 치고는 말을 바꾸었다.

"그리고 물론 네가 대리 무사로 나와 주면 고맙지만 그것까지 바라는 건 아니야. 내가 무슨 그렇게 염치없는 사람도 아니고……."

이미 충분히 염치없는 거 같지만 말이다.

"그냥 같이 가서 내 옆에 서 있기만 해 주면 그것만으로도 충분해. 진짜 옆에만 서 있어 주면 돼. 친하다고 한마디만 해 주고."

"그게 무슨 의미가 있어?"

"있지! 차기 유력 권력자인 너랑 알고 지내는 것만으로도 어느 정도 내 능력을 보여 줄 수 있는 셈이니까. 그 이상은 바라지도 않아. 진짜야."

오히려 역효과가 날 거라고 생각하는데 말이다.

한백사는 신태민을 지지하고 있었다.

회귀 전과는 상황이 많이 바뀌어 겉으로 드러내지 않고 있을 뿐, 한백사는 여전히 신유민 저하보다는 신태민이 왕이 되기를 원하고 있을 것이었다.

이유는 단순하다.

'신유민 저하는 정치질이 통하는 사람이 아니니까.'

한백사는 정치권을 장악하며 세를 확장시켜 왔다.

이는 신유철 국왕이 내정을 신하들에게 맡겨 놓고 전쟁에 집중했기 때문이었다.

그런데 만약 내정을 중요시하며 위법 행위를 용서치 않는 신유민 저하가 왕이 된다면?

'망하지나 않으면 다행이지.'

그만큼 해 먹은 게 많은 운성이었다.

'한마디로…….'

나랑 같이 가면 한백사의 인정은커녕 정적(政敵)이 되어 버린다는 소리다.

"너 말이야. 내가 모시는 주군이 누군지는 알고 있지?"

"신유민 저하 아니야?"

"맞아. 그리고 너희 운성이 차기 국왕으로 누구를 지지하는지도 알지?"

"당연히 공식적인 세자 저하, 너의 주군을 지지하겠지. 내가 그런 것도 모를까?"

"신태민 저하야."

"뭐?"

정말 아무것도 모르는구나.

"잠깐, 그럼 우리 가문이 뭐 반란이라도 일으킨다고? 농담도 참."

일으킨다.

신태민 저하와 손을 잡고 이 나라를 한 번 뒤엎어 버리고말고.

내가 그렇게 침묵하고 있자 한영수가 긴장한 듯 말했다.

"농담이지?"

"농담인지 아닌지는 나중에 가면 알 일이고……."

나는 그렇게 얼버무린 뒤 말했다.

"어쨌든 나와 함께 가면 너의 선택지는 하나밖에 남지 않아. 한 가주님과 대립하면서 너의 세력을 불려야지."

"할아버지랑 대립해야 한다고?"

겁을 먹은 듯 보이던 한영수는 이내 입술을 물며 고개를 끄덕였다.

"그래, 내가 그걸 원했던 거야!"

나름 각오는 하고 있었던 모양이다. 저 말이 사실인지, 또 사실이라도 얼마나 굳은 다짐인지는 모르겠지만 말이다.

그래도 일단 대화는 다음 단계로 넘어갈 수 있을 것 같다.

"그래, 그럼 나한테 뭘 줄 수 있는데?"

"응?"

"운성의 가주가 되든, 힘을 좀 얻든 그건 네 이야기고, 내가 얻는 게 있어야 할 거 아니야? 너의 든든한 뒷배로서."

"그냥 도와주는 게 아니고?"

"내가 네 아빠도 아니고 왜 그냥 도와주냐?"

"……."

한영수는 곰곰이 생각하다 말했다.

"네가 만약 날 도와줘서 내가 정식 후계자가 된다면……."

그리고는 생각을 정리한 듯 말했다.

"네가 원하는 한 가지를 줄게."

"내가 원하는 한 가지? 그게 무슨 뜻인지 알지? 내가 운성을 달라고 하면 어쩔 건데?"

"그럼 약속을 안 지키고 싸우겠지. 죽는 한이 있더라도 말이야."

한영수는 긴장한 얼굴로 말을 이어 갔다.

"하지만 너는 상식적이니까 내가 내줄 수 있는 걸 말하겠지. 안 그래?"

호오, 아무리 썩어도 운성이라는 건가?

나름 거래를 할 줄 알고 있었다.

어쭙잖은 제안으로 밑바닥을 드러내는 것보다는 상대에게 보상을 위임하는 것이 나을 때도 있는 법이었다.

"그래? 그거 괜찮네."

"고맙다! 고맙다 서하야. 이 은혜는……."

운성 같은 거대 가문을 한 번이라도 마음대로 부릴 수 있다는 건 매우 매력적인 제안이다.

그러나 아직 한영수가 원하는 대로 움직여 주기에는 조금 부족하다.

"아직 내 말 안 끝났어."

한영수가 입을 다물고 나는 말을 이어 갔다.

"뭘 약속하든 네가 가주가 되지 못하면 시간만 낭비하는 꼴이잖아. 그래도 한번 알아볼 가치는 있는 거 같으니 내일부터 우리 광명대 막내로 들어와라."

"응?"

"광명대 막내로 들어와서 네 가치를 증명해 봐. 왜? 싫어?"

"……아니, 아니! 싫을 리가. 하하하. 그럼 잘 부탁합니다. 선배님들."

애써 웃으며 인사하는 한영수.

그러나 차가운 냉대만 있을 뿐 그 어떤 반응도 돌아오지 않았다.

그렇게 모두가 어색해질 때였다.

"호오? 고개만 까닥여? 지금 너 고개만 까닥인 거냐?"

우리 광명대가 자랑하는 망나니, 아니 막내.

정이준이 걸어 나오며 한영수의 뒤통수를 후려쳤다.

"나 때는 말이야! 선배들이 있으면 '얼굴은 무릎에 처박아야 하는 거구나' 하면서 허리를 숙였어! 알아?"

"……."

나 때는이라고 해 봤자 아직 1년도 안 되지 않았나?

어쨌든 이제 정이준이 선배이니 가만 놔두자.

원래 막내 교육은 맞선임이 하는 거 아니던가?

그리고 무엇보다 재밌으니 말이다.

불시에 뒤통수를 맞은 한영수는 어이없는 얼굴로 정이준을 바라봤다.

"너 내 후배 아니냐? 성무학관 출신이지?"

"후배? 그래, 그래. 학관은 후배지. 아이고 우리 선배님 학관 후배한테 맞아서 기분이 나쁘셨구나? 내가 크으으으으으은 잘못을 했네! 그런데 어쩌나? 광명대는 내가 선배인데? 그리고 나 이번에 중급 무사로 올라왔는데? 꼽으면 상급 무사라도 되시지 그러셨어요? 아이고 1년 동안 뭐 하셨나?"

얄밉게 비꼬는 정이준.

한영수가 도움을 요청하듯 나를 바라봤으나 내 대답은 정해져 있었다.

"막내 잘 교육해라. 이준아."

"넵! 대장님."

"아, 그리고 내일 은악으로 떠날 거니까. 준비해."

"은악? 은악은 왜?"

"말이 짧다."

"……왜 가는 겁니까?"

나는 한영수의 어깨를 두드려 주며 말했다.

"그건 막내가 알 필요가 없는 일이야."

자기 미래가 보이는지 침을 삼키는 한영수.

그런 그에게 나는 어깨를 두드려 주며 한 가지 조언을 했다.

"아, 그리고 너 사과하는 대상이 좀 틀렸다. 그건 알고 있지?"

"……."

"그럼 내일 보자고. 이준이가 책임지고 막내 준비시키고."

"충성! 들어가십시오."

자기 말대로 코가 무릎에 닿게끔 인사하던 정이준은 한영수를 힐끗 보고는 그의 뒤통수를 눌렀다.

그렇게 전(前) 막내와 현(現) 막내만 두고 나올 때 상혁이가 말했다.

"거래에 응할 거야?"

"나쁘지 않은 거래이긴 해. 한영수가 운성의 가주가 되면 현 가주보다는 내 맘대로 흔들 수 있을 테니까."

"그래, 꽤 이득을 볼 수 있겠지."

"그래도 네가 싫으면 안 할 거야."

상혁이는 나를 돌아봤다.

"저놈이 널 부려 먹은 게 몇 년이냐? 그거 복수 좀 하고 그냥 넌 자격 없다 하면서 내치면 돼. 은악에서 돌아올 때 즈음 결정 내려 보자."

그때쯤이면 모든 것을 알 수 있으리라.

◆ ◈ ◆

은악(銀岳).

이정문이 은악에 대해 아는 것은 두 가지였다.

과거 운성이 소유한 곳이었으나 지금은 한상혁이 가지고 있는 땅이라는 것.

그리고 은 광산이 마른 뒤로 죽어 가는 도시라는 것을 말이다.

"은악에 가서 제가 뭘 하면 됩니까?"

"상단 일 좀 봐 줬으면 합니다. 장부를 볼 줄 아는 사람이 없어서."

처음 이서하의 말을 들었을 때 이정문은 콧방귀를 뀌었다.

'상단을 운영하고 있다고?'

선인이라며 마치 특별한 인간인 것처럼 경외받지만 결국은 전투 전문가일 뿐.

경제, 내정 등은 문관들이 맡아서 해야만 하는 것이었다.

젊은 나이에 홍의까지 입은 이서하인 만큼 그의 무(武)는 인정할 수밖에 없지만 상단을 경영할 수 있을지는 미지수였다.

'그것도 은악에서?'

위치가 좋은 것도 아니고, 돈이 많은 곳도 아니다.

그곳에서 상단을 만들어 키우겠다고?

말도 안 되는 소리였다.

'……그런 줄 알았는데.'

이정문은 휴식하는 동안 잘 정비된 길을 바라봤다.

은악으로 가는 길은 수도나 신평 같은 거대 도시와 비교하더라도 꿇리지 않을 정도, 아니 더 잘 정돈되어 있다고 볼 수 있었다.

잠시 생각하던 그녀는 직접적으로 물었다.

"산길을 이 정도로 정비하려면 많은 인력이 필요할 텐데요? 이렇게까지 할 필요가 있었습니까?"

"은악의 가주는 제가 아닙니다만?"

"압니다. 한상혁 무사님이라는 거. 하지만 실질적 가주는 선인님이죠. 안 그렇습니까?"

이서하는 빙긋 웃을 뿐이었다.

이서하에게 있어 한상혁은 친구이자 가장 믿을 수 있는 부하.

그의 것이 곧 이서하의 것이었다.

그제야 이서하는 대답을 해 주었다.

"상단의 마차가 차질 없이 오려면 길부터 다듬어야 하는 거죠."

"돈이 많이 들었을 텐데요? 외부 인력을 끌고 와서 이 정도로 큰 공사를 하려면 쉽지 않았을 거 같은데."

"은악의 사람들이 한 겁니다."

"은악은 노인들만 사는 곳 아닙니까? 인구도 적고. 그렇게 적혀 있습니다만."

"지금은 젊은 사람들도 많습니다. 많이 이주해 와서 말이죠."

"아, 남주의 도적단 말입니까?"

남주에서 사로잡은 도적단은 노예가 되어 은악으로 보내졌다고 들었다.

이 산골까지 젊은 사람들이 이주해 올 이유는 없으니 그들을 이용했다고밖에는 생각할 수 없다. 하지만 그렇다면 가뜩이나 안 좋은 치안이 더 안 좋아지지 않았을까?

"치안이 불안하다고 들었는데. 상단을 운용하기 위험하지 않겠습니까?"

"그것도 문제없습니다. 수비대를 고용했거든요."

"그것도 꽤 들었을 거 같은데?"

이서하는 빙긋 웃어 보일 뿐이었다.

물론 돈은 한 푼도 들지 않았다.

전(前) 선인인 주창식을 비롯한 도적단이 수비대를 겸하고 있었으니 말이다.

하지만 이정문이 그것을 알 길은 없었다.

'은악에 둥지를 튼 이유가 있을 텐데…….'

그렇게 이정문이 의심스러운 눈초리로 이서하를 바라볼 때 옆에서 괴성이 들려왔다.

"하나 더! 할 수 있다!"

"우오오오오! 끄아아아악!"

"민주 선배! 막내 깔렸습니다!"

"아이참!"

거대한 돌 밑에 깔려 버둥거리는 한영수와 이를 가볍게 들어 던져 버리는 민주였다.

광명대에 들어온 이상 한영수 또한 철혈 이강진이 만든 수련을 따라야 했다.

"그러니까 영수는 힘이 없어서 이런 거 못 한다니까. 이러다 애 죽겠다."

"광명대의 무사라면 근성으로 할 수 있습니다."

한영수가 살려 달라는 듯 민주를 바라봤지만, 그녀는 고개를 흔들며 말했다.

"그래. 그래도 죽지 않게 살살 해."

"민주야! 민주야!"

"어허! 선배 이름 막 부르지 않는다."

"크흑!"

한영수는 우는 소리를 이어 갈 수 없었다.

그것도 그럴 것이 유아린과 주지율은 서로를 죽일 듯 살벌하게 대련 중이었고 한상혁은 박민주의 화살을 피하며 보법과 신법을 동시에 수련했으니 말이다.

이정문은 그 모습을 멍하니 바라보다 말했다.

"도착하기 전에 하나 죽는 거 아닙니까?"

"항상 하던 일인데요. 걱정하지 마세요. 안 죽습니다."

"……일상입니까?"

이정문은 진심으로 무사가 되지 않기를 잘했다고 생각했다.

그렇게 이정문의 걱정과 달리 모두 무사하게 은악에 도착할 수 있었다.

입구에는 가주 대리인 조수연이 마중을 나와 있었다.

"기다리고 있었습니다. 선인님."

옆에는 아미숲 도적단을 이끌었던 주창식, 그리고 상단의 관리를 맡은 변승원도 함께였다.

변승원은 과하게 반가워하며 이서하에게 다가왔다.

"아이고, 선인님. 먼 길 오시느라 고생 많으셨습니다. 제가 보여 드리고 싶은 게 너무나도 많아요."

"안 그래도 우리 사업 얘기 좀 하려고 왔는데 잘됐네. 인사드리게. 이정문 씨. 여기는 변승원 도방(都房)입니다."

"반갑습니다. 이정문입니다."

변승원은 이서하를 보고는 어색한 미소와 함께 말했다.

"변승원이라고 합니다. 그런데 이분은……."

"가면서 대화하지."

그리고는 조수연을 바라보며 말했다.

"그럼 우리 대원들 잘 부탁합니다. 조 가주님."

"내가 가주라니까……."

중얼거리는 한상혁의 말에 피식 웃은 이정문은 서하를 따라 안으로 들어갔다.

들어가는 와중에도 변승원은 쓸데없는 말을 떠들었다.

"이번에 창고를 두 개 더 늘릴 생각입니다. 주요 도시에도 우리 지부를 만들어서 관리를 시작했고요. 거기에 돈이 좀 많이 들어가긴 했습니다. 아이고, 그놈들 자기 땅이라고 얼마나 위세를 떠는지 돈을 2배는 더 달라고 하더라고요."

"그래서 어떻게 했나?"

"최대한 깎아서 2할 정도 더 얹어 주는 걸로 거래를 해냈습니다. 토지 계약서도 다 준비해 놨죠."

"잘했네."

그렇게 상단 본부에 들어간 이서하는 바로 모든 장부를 가져오라 명령했다.

"잠시만 기다려 주십시오."

변승원이 긴장한 얼굴로 장부를 가지고 들어왔다.

이정문은 한 상자 가득 들어오는 장부를 바라보며 말했다.

"몇 년 안 된 상단 아닙니까?"

"이제 1년 6개월쯤 됐네요."

"그런데 장부가 많네요."

"얼마나 걸릴 거 같습니까?"

"한 시진만 주시죠. 집중하면 금방입니다. 그리고 변 도방님은 여기 같이 있어 주세요."

"그러니까 이분은……."

"앞으로 상단의 장부를 관리해 주실 분이야. 변 도방 혼자서는 힘들 거 같아서."

순간 변승원의 얼굴이 하얗게 질렸다.

"저 혼자서도 충분한데……."

"아니, 아니. 실무도 혼자 뛰는데 이런 일까지 도맡게 할 수는 없지. 나는 그럼 잠시 창고도 둘러보고 조 가주님도 만나 보고 올 테니 잘 도와 드리고 있으라고."

그렇게 이서하가 밖으로 나가고 이정문은 장부를 열어 보기 시작했다.

그렇게 첫 장부를 순식간에 검토한 그녀는 이마를 긁적였다.

'뭐야?'

변승원은 불안한 얼굴로 물었다.

"뭐가 문제라도 있습니까?"

"아뇨, 큰 문제는 없는데……. 사업을 많이 하시네요?"

"아, 네. 우리 선인님이 아주 공격적으로 상단을 키우고 있습니다."

"그런 거 같네요."

이정문은 고개를 갸웃하고는 장부를 쭉 훑어 내려갔다.

그렇게 한 시진 동안 백지에 알 수 없는 글자와 숫자를 적은 그녀는 작게 중얼거렸다.

"미친놈이네. 이거."

"네?"

"선인님 좀 불러와 주시겠어요?"

이정문은 심각한 얼굴로 말했다.

"물어보고 싶은 게 많아서요."

정확히 한 시진 후.

변승원이 달려와 말했다.

"선인님. 그 손님분이 부르십니다."

"칼 같네. 그래, 너는 여기서 대기해라."

"대기하라고요?"

변승원이 당황한 듯 말했고 나는 고개를 끄덕였다.

"응. 문제 있나?"

"아, 아닙니다. 그럼 저는 이만 물러가겠습니다."

그렇게 방에 도착하자 이정문이 다짜고짜 물었다.

"자금의 출처를 알려 주실 수 있나요?"

이정문의 표정은 전과는 달리 빛이 나고 있었다.

그렇겠지. 저런 반응이 나오길 기대했다.

'자기가 상상하던 걸 처음으로 전부 이룰 수 있는 그런 곳

이니까.'

한정적인 자원 안에서 최대치를 뽑아내는 것이 지금까지 그녀가 하던 일이다.

마치 말라 버린 우물에서 어떻게든 물을 퍼내는 그런 작업.

그러나 나는 그녀에게 가득 찬 우물, 아니 끝이 보이지 않는 호수를 보여 준 셈이었다.

이정문은 홍미 가득한 눈으로 말했다.

"지금까지 투자만 하셨네요? 단순히 거래를 뚫는 것뿐만이 아니라 대장간을 짓고, 광산을 매입하고, 땅도 사고. 해리슨 상회에서는 뭘 또 이렇게 많이 산 겁니까?"

"이것저것 필요한 것이 많아서요."

"완전 적자네요. 1년 동안 이 정도 적자를 내기도 쉽지 않을 겁니다."

"그래서 실망하셨습니까?"

"실망이라뇨? 완전 설레는데."

이정문은 미소를 지었다.

"원래 상권은 돈 많은 놈이 다 먹는 법이죠. 이 나라에는 시장 독점을 막아 낼 수 있는 법이 없으니까요."

원래는 있었지.

그런데 한백사가 상권을 늘리기 위해 뇌물을 바치며 법을 제정하다 보니 지금은 있으나 마나 한 것이 되었다.

"시장 점유율을 높이고 이윤은 그 이후에 내실 생각이시죠? 왕가가 뒤에 있으니 정치적으로도 문제가 없을 테고."

"정확하네요. 일단 계획은 그렇습니다."

"하지만 문제는 자금이죠. 단도직입적으로 묻죠. 얼마나 남았습니까?"

나는 빙긋 웃으며 가져온 장부 하나를 던져 주었다.

태인에서 들어오는 상납금을 적은 것이었다.

그것을 본 이정문은 나를 힐끗 보더니 말했다.

"이걸로는 부족할 거 같은데요? 계속해서 밀리고 있고요. 이런 걸 믿고는 사업 못 하죠."

"그건 그냥 참고용입니다. 보여 드리는 편이 더 빠르겠네요. 가시죠."

"보여 준다고요?"

이정문은 의아하다는 듯 나를 따라갔다.

그렇게 폐쇄된 갱도 밑으로 도르래를 타고 들어가자 눈앞에 수많은 금은보화가 나타났다.

"이게 다 뭡니까?"

그 냉정하던 이정문의 목소리가 떨리고 있었다. 나는 갱도 밑에 있는 장부를 그녀에게 건네며 말했다.

"은악에 있는 비고를 털어 얻은 겁니다. 내역은 전부 적어 놓았습니다."

"……그 소문이 사실이었네요."

은악에 비고가 있고 내가 그것을 파냈다는 소문이 돈 적이 있었다.

물론 누구도 믿지 않은 채 흐지부지 넘어갔지만 말이다.

"그리고 이건 비밀입니다. 누구에게도 알리지 마세요. 괜히 한백사가 원래 자기 땅이었느니 뭐니 하면 골치 아파집니다."

"그래야겠네요. 그런데 이걸 제가 막 가져다 써도 되는 겁니까?"

"생산량을 늘리기 위함이라면 얼마든지요."

"……하겠습니다."

어느새 간절해진 이정문이 말했다.

"상단일 제가 한번 해 보죠."

이런 반응을 기대하고 있었다.

이 정도 자금이라면 그녀가 상상해 온 모든 것을 해낼 수 있을 것이다.

"안 그래도 부탁하려 했습니다. 그럼 올라가죠. 갱도가 깊어서 오래 있기는 힘드니."

그때 이정문이 깜빡하고 있던 게 떠오른 듯 말했다.

"아, 그리고 한 가지. 변 도방 말입니다……."

"횡령하고 있다고요?"

뭘 그렇게 어렵게 말하나.

딱 봐도 척인데.

이정문은 이해할 수 없다는 듯 되물었다.

"……아시고 계셨네요? 거래 내용의 1푼 정도를 꼬박꼬박 챙기고 있습니다."

"알고 있습니다. 정확한 양은 몰랐지만 어느 정도 챙길 거라는 것쯤은 말이죠."

"안다고요? 1푼이 작은 거 같지만 이런 거래에서는 꽤 큰돈입니다. 아시죠?"

"네, 알고 있습니다. 그래도 그냥 도방한테 주는 수수료 같은 느낌으로 봐주고 있습니다."

완벽주의자인 이정문은 이해할 수 없다는 듯 나를 바라봤다.

"봐준다고요? 왜요?"

이게 바로 이정문의 단점이다.

오직 이론만으로 일을 처리하는 사람의 한계라고나 할까.

군부대에서야 법과 논리가 모든 것을 지배하니 괜찮지만 영업은 인간의 영역이기에 이론만 가지고는 어떻게 할 수가 없는 법이다.

나는 그녀에게 말했다.

"돈 좋아하는 사람 중에 겁 많은 사람이 많지 않거든요. 그런데 변 도방은 겁이 많아요. 고작 1푼 해 먹는 거로 벌벌 떨지 않았습니까?"

그러면서 또 능력은 쓸 만하다.

거래 하나는 적당히 편법 섞어 가며 전부 따내거든.

완벽주의자인 이정문과는 또 다른 유형의 상인이라고 할 수 있다.

"나름 지금까지 사업을 이끌어 온 사람입니다. 잘 써 보세요. 슬슬 자금 운용에 한계를 보이고 있지만 영업 쪽에서는 그보다 나은 사람 찾기 힘듭니다."

변승원보다 능력 좋은 사람은 많다.

하지만 그들은 내 상단을 노릴 것이다.

개인적인 일로 바쁜 나에게는 변승원만 한 인물이 또 없다는 뜻이지.

"그 횡령 건을 목줄 삼아 잘 이용해 보세요. 전부 위임해 드릴 테니까."

한 치의 오차도 허락하지 않는 경영가와 무슨 거래든 따 오는 협상가.

완벽한 노예 둘, 아니 인재 둘이 갖춰졌다.

Chapter 80.

비고에서 찾은 보물 확인을 끝낸 나는 이정문과 함께 상단 본부로 돌아가며 입을 열었다.

"작전대로 하시면 됩니다. 아셨죠?"

"굳이 그럴 필요가 있을까요?"

"목줄은 강하게 조일수록 좋은 편입니다."

변승원에 관한 이야기였다.

작전은 간단했다.

일단 본부로 돌아가자 이정문이 말한다.

"장부를 다시 한번 정리하고 싶으니 지금까지의 거래 명세서를 전부 가져와 주시겠습니까?"

"……거래 명세서를 전부요?"

"네."

이정문의 말에 변승원은 침을 삼켰다.

이정문이 장부를 보고도 그냥 넘어간 것에 안도하고 있을 그였다.

그런데 하나하나 다 맞춰 보겠다니.

이건 들킬 수밖에 없다고 생각하겠지.

그리고 나는 그런 그의 옆으로 다가가 어깨동무를 하며 말했다.

"이정문 대행수. 우리 도방이 한 일을 못 믿겠다는 겁니까? 이건 그냥 넘어갈 수 없군요. 안 그렇나? 변 도방!"

내 말에 변승원의 동공이 흔들렸다.

거래는 그렇게 화통하게 잘하면서 이 정도 압박도 못 이겨 내면 어떡하나?

실망인데.

이윽고 그는 침을 삼키며 말을 이어 갔다.

"확인을 못 시켜 드릴 건 없습니다만 일이 굉장히 번거롭지 않을까요?"

"아뇨, 저는 꼭 확인해야겠습니다. 그렇지 않으면 잠이 오지 않아서 말입니다."

나는 이정문의 말에 버럭 소리를 질렀다.

"변 도방은 나와 이 상단의 시작을 함께한 사람입니다! 이

상단에서 가장 신뢰하는 나의 동료란 말입니다. 청렴결백! 그 말의 대명사와 같은 존재가 바로 이 변 도방이란 말입니다."

나의 극찬에 변승원의 어깨가 축축해지기 시작했다.

"하하하, 과찬이십니다. 선인님."

극한의 불쾌감이 내 손을 통해 전달되었으나 나는 미소를 지으며 변승원을 바라봤다.

"그럼. 우린 아미숲에서 같이 동고동락한 사이 아닌가? 전우를 의심하는 건 있을 수 없는 일이지. 배신하는 건 더욱 그렇고. 믿고 있다고. 변승원 도방."

물론 변승원을 믿는다는 건 거짓말이다.

회귀 전에도 알지 못한 변승원을 믿으면 순진한 것이겠지.

이건 일종의 협박이다.

내가 이렇게 너를 신뢰하고 있으니 배신하면 가만히 두지 않겠다는 협박.

변승원은 내 말에 긴장한 얼굴로 말했다.

"그럼요. 하여 제 생각에는 앞으로의 거래에 집중하는 편이 나을 것으로 보입니다. 당장 며칠 뒤에 신평에 맡긴 상품을 확인해야 하기도 하고 이미 다 끝난 거래를 들추는 것이 무슨 의미가 있나 싶기도 하니 말이죠. 하하하."

미꾸라지처럼 빠져나갈 생각이겠지만 이 또한 예상한 바다.

나는 충분히 이해한다는 얼굴로 고개를 끄덕여 주었다.

"알고 있다네. 하지만 대행수의 자리는 내가 부탁한 것이니 그녀의 요청을 들어줄 수밖에 없음을 이해해 줬으면 하네. 변 도방. 거래 내역을 전부 이정문 대행수에게 주겠나?"

"창고를 뒤집어야 할 거 같은데. 그것만 해도 하루가 꼬박 걸릴 것입니다."

변승원의 마지막 발악에 이정문이 웃으며 말했다.

"오래 걸려도 괜찮습니다. 시간은 많으니까요."

나는 그의 등을 치며 말을 끝냈다.

"믿고 있다고. 변 도방. 그럼 부탁 좀 하지."

"……그럼 찾아보겠습니다."

그렇게 변승원이 떠나고 이정문이 나의 옆으로 다가와 말했다.

"저 사람도 참 힘들게 사네요."

"그래도 전 돈 많이 줍니다. 성과금도 많이 주고. 거기다 자기가 알아서 적당히 떼먹지 않습니까? 좀 힘들게 살아도 괜찮죠."

힘든 일 하라고 돈을 많이 주는 것이었다. 돈만 많이 받고 일을 안 하면 그게 탐관오리랑 다를 게 뭔가?

"그러니까 개처럼 굴리세요."

"안 그래도 그럴 생각입니다."

처음으로 이정문과 생각이 맞았다.

같은 시각.

한영수는 은악의 대장간 인부로 힘을 보태고 있었다.

"어이! 신입! 화력이 약하다고. 무사면 무사답게 돌려."

한영수의 역할은 기계식 풀무를 돌리는 일이었다.

한 번에 수십 개의 화덕에 바람을 불어넣기 위해 개발한 것으로 이 또한 이서하가 제국에서 보고 온 것이라고 들었다.

크기가 큰 만큼 원래는 인간이 아닌 가축을 이용해 돌리는 것이었으나 가축이 부족한 탓에 한영수가 돌리고 있었다.

"끄으으윽!"

풀무를 한 바퀴 돌릴 때마다 불길이 강해졌고 한영수는 인간 가축이 되어 쉬지 않고 움직였다.

그렇게 몇 시진이 지나고 나서야 누군가 말을 끌고 와 한영수를 해방시켜 주었다.

그러나 휴식도 잠시.

"어이! 거기. 할 일 없으면 여기 벽돌 좀 날라."

"……."

근육질 아저씨의 외침에 한영수는 멍하니 서서 한숨을 내쉬었다.

이번에는 공사장에 파견된 것이었다.

힘겹게 몸을 일으키자 머리가 어지럽다. 비틀거리다 손에 물집이 잡힌 것을 바라보던 한영수는 눈을 질끈 감으며 생각했다.

'언제까지 이 짓을 해야 하는 거야? 도대체.'

지금까지 이서하에게 잘 보이기 위해 그가 시키는 모든 일을 군말 없이 행했다.

말 대신 기계식 풀무를 돌리고, 완성된 무기와 갑옷을 수레에 담아 날랐으며, 새롭게 짓고 있는 대장간을 위해 자재를 옮겼다.

하지만 이서하는 코빼기도 보이지 않았다.

'씨발, 거들떠보지도 않네.'

다 헛짓거리 같다는 생각이 들기 시작했다.

이렇게 일만 시켜 놓고 신권대회는 입 싹 닦아 버리는 것이 아닐까?

'복수하는 거야? 뭐야?'

언제까지 이런 노예 짓을 해야 할까? 과연 그 보상을 받을 수 있기는 할까?

걱정되었지만 선택지는 많지 않았다.

'일단 비위부터 맞추고 생각하자.'

지금은 어떻게 해서든 이서하의 마음에 들어 그의 도움을 받아야 하니 말이다.

'그나저나 도시 좋아졌네.'

어렸을 적 한영수는 소가주의 신분으로 은악에 온 적이 있었다.

당시 은악은 시민 모두가 광산에서 일을 해 꼬질꼬질했고 관사를 제외한 모든 건물이 허름했다.

'이 도시가 이렇게 될 수도 있구나.'

고작 영주 하나 바뀌었을 뿐인데 은악은 한영수가 탐을 낼 정도로 괜찮은 도시가 되어 있었다.

그렇게 감상에 빠져 있을 때 뒤통수에 충격이 가해졌다.

"뭐 해! 움직이라는 소리 안 들리냐?"

정이준이었다.

광명대에 들어온 그 순간부터 자신을 괴롭히는 자칭 선배.

한영수가 뒤통수를 어루만지며 노려보자 정이준이 그의 머리를 한 대 더 때렸다.

"뭐야? 눈을 왜 그렇게 떠? 한 대 치겠다? 이야, 군대 좋아졌네. 나 때는 말이야. 선배 눈 마주치는 순간 그냥 아구창 날아가는 거였어. 너 운 좋은 줄 알아라."

"너 올해 임관이잖아."

"너?"

"아니, 선배님은 올해 임관이었잖아요."

"그래. 그랬지. 그래서 뭐? 너 전쟁터 가 봤어? 그 망할 요령성에서 내가 몇 번을 죽을 뻔했는지……. 커흑."

말하다 보니 서러워진 정이준이었다.

"어쨌든 일이다! 일! 벽돌 500장씩 나른다! 실시!"

"그거 인간이 할 수 있는 겁니까?"

"저기를 봐라."

정이준이 가리킨 곳에는 한상혁이 벽돌에 파묻힌 채 움직이고 있었다.

"할 수 있다."

"……."

한영수가 불만을 말할 수 없는 가장 큰 이유.

그것은 이 광명대에서 한영수가 가장 편한 일을 하고 있었기 때문이다.

원래 상관이 일을 많이 하면 밑에 있는 사람들이 죽어 나가기 마련이다.

한영수는 체념한 뒤 자리에서 일어났다.

'움직이자.'

벽돌 500장을 온몸에 짊어진 한영수는 그렇게 공사판으로 향했다.

그렇게 해가 질 때 즈음 은악의 노동자로서의 일과가 끝나고 광명대 무사로서의 일과가 시작되었다.

"수련 시간이다. 다 일어나."

광명대 특별 수련 시간이었다.

한영수는 한상혁을 향해 외쳤다.

"이 정도 일했으면 좀 쉬자!"

아차, 반말이 나와 버렸다.

이러면 또 그 망할 정이준이 달려와서 한 소리를…….

"맞아요! 좀 쉽시다!"

한영수는 감동한 얼굴로 정이준을 바라봤다.

"무슨 머리가 수련 중독도 아니고 말이야!"

당당하게 자신의 의견을 말하는 정이준.

선배랍시고 꼬장만 부리던 그가 처음으로 의지가 되는 순간이었다.

"선배……!"

하지만 그것도 잠시.

"꾸에엑!"

한상혁의 관절기에 정이준은 바로 항복했다.

"수련이 하고 싶습니다. 제발 하게 해 주세요."

"그래, 잘 생각했다."

"……."

조금 더 선배의 위엄을 유지해 줬으면 했는데 말이다. 그렇게 정이준을 제압한 한상혁은 한영수를 힐끗 보고는 말했다.

"넌 마음대로 해라. 어차피 정식 대원도 아니니까."

강요하지 않는 것인가?

그게 더 마음에 들지 않았던 한영수는 오기로 일어나며 말했다.

"네가 하는 거라면 나도 한다."

그렇게 한상혁을 따라 수련을 시작한 지 한 시진 후.

한영수는 후회하고 있었다.

'미친, 그냥 쉴걸.'

한참 산을 뛰어다니던 한상혁이 쇳덩이를 주렁주렁 매달고 절벽을 오르기 시작한 것이다.

물론 정이준과 한영수도 함께였다.

'이러다 죽는 거 아니야?'

한영수는 고개를 돌려 절벽 밑을 바라본 뒤 몸을 부르르 떨었다.

한상혁은 자비 없이 빠르게 올라가고 있었고 정이준이 비명과도 같은 기합을 지르며 그 뒤를 따랐다.

한영수는 빠르게 올라가는 한상혁을 올려 보며 생각했다.

'성무학관 때는 이 정도까지는 아니었는데……!'

한상혁은 두 배, 아니 세 배는 무거운 쇳덩이를 달고도 아무렇지 않게 올라가고 있었다.

언제부터 차이가 나기 시작한 것일까?

입학시험 때까지만 하더라도 한영수의 실력이 한상혁보다 나은 면도 있었다.

그러나 그 차이는 고작 5년도 되지 않았음에도 걷잡을 수 없이 벌어졌다.

사실 이유는 알 수 있었다.

재능이네 뭐네 고차원적인 말을 할 필요도 없다.

매일 하는 수련 양부터 달랐으니까.

그렇게 목숨을 걸고 절벽을 오른 한영수는 정이준의 옆에 누워 거친 숨을 몰아쉬었다.

'하아, 하아. 미친놈들.'

그러나 광명대에 들어와 한 가지 깨달음을 얻을 수 있었다.

'공짜는 없구나.'

한영수는 지금까지 상혁을 그저 운 좋게 이서하를 만나 출세한 놈으로 보고 있었다.

능력이라고는 쥐뿔도 없으면서 친구 잘 만나 영지도 얻고, 무기도 얻고, 공을 세울 기회도 얻었다고 말이다.

그러나 한상혁의 수련 양을 본 지금은 그렇게 말할 수 없었다.

'매일 이런 수련을 할 줄이야.'

과연 자신은 광명대에 붙어 있을 수 있었을까?

절대 불가능했을 것이다.

"그럼 내려가자. 내려가는 건 더 어려우니 원하면 쇳덩이를 빼도 된다."

"감사히 빼겠습니다."

정이준은 한상혁의 말이 떨어지기가 무섭게 쇳덩이를 절벽 밑으로 던졌으나 한영수는 그러지 않았다.

"난 그냥 간다."

"그래? 그럼 먼저 내려가라. 떨어지면 죽을 수도 있다는 거 잊지 말고."

"걱정하지 마. 가주 되기 전까지는 절대 안 죽어."

그렇게 한영수가 거북이처럼 느릿느릿 내려갈 때였다.

"이야, 필사적이네요. 선배 사촌. 저거 익숙하지 않은 사람은 힘들 텐데. 저는 익숙해질 때까지 밧줄 잡고 했었잖아요."

"그랬지."

그렇게 한참 침묵하던 한상혁은 절벽 밑에 도착해 안도하는 사촌을 바라보며 말했다.

"그래 봤자 가주가 되고 싶은 거뿐이지. 저런 놈을 도와주고 싶진 않아."

인간은 쉽게 변하지 않는다.

아니, 절대로 변하지 않는다.

"그래도 한 번 기회는 줘 봐야겠지."

상혁은 꼭두각시처럼 살아온 한영수의 진짜 모습이 무엇인지 확인해 볼 생각이었다.

광명대가 은악에 도착한 지 3일이 지났다.

이정문은 확실하게 변승원을 자신의 밑으로 만든 것만 같았다.

"자잘한 계산 실수를 제외하면 큰 문제가 없었습니다. 정말 좋으시겠어요. 이렇게 정직한 도방을 두셔서."

이정문의 말에 변승원은 어색하게 미소를 지었다.

저 자식 저거 들켰구먼.

숫자는 거짓말을 하지 않는 법이다.

들어온 돈과 나가는 돈을 전부 계산하면 수중에 있는 돈이 딱 맞아떨어져야만 하지.

근데 그게 1푼이 빈다?

추궁하지 않을 수가 없다.

'1푼 정도는 계산 실수라고도 하지만…….'

이정문은 절대 실수하지 않는다.

"그럼 변 도장. 내가 말한 일은 다 끝냈나?"

"그럼요. 이미 수레에 다 담아 놓았습니다. 여기, 여기 보시죠."

수레에는 번쩍번쩍 빛나는 병장기가 담겨 있었다. 그렇게 품질을 좀 살펴보려고 할 때 변승원이 와서 말했다.

"역시 선인님 말대로 검을 제조하니 생산량은 물론 품질까지 아주 좋아졌습니다."

"그렇겠지. 이미 증명된 기술이니까."

"증명되다뇨? 완전 새로운 공법 아닙니까?"

"내 머릿속에서 증명되었다고."

"역시 우리 선인님입니다. 하하하!"

"으하하하."

그냥 웃자.

'사실은 도둑질이나 다름없지만 말이야.'

기계식 풀무와 제국식 제련법.

그것이 내가 은악의 대장간에 알려 준 신기술이었다.

원래라면 10년 뒤, 오랜 전란과 나찰의 침략에 양질의 병장기 양산이 필요했던 제국의 한 대장장이가 발명하는 것이었다.

'뭐, 제국은 알아서 발명할 테니까.'

약간은 양심의 가책을 느끼지만 어쩌겠는가?

우리 왕국도 한시라도 빨리 질 좋은 무기를 양산할 필요가 있다.

전쟁이 일어나고 양산하기 시작하면 늦단 말이지.

"그럼 시험 삼아 한번 비교해 볼까?"

나는 기존 보급용 검에 은악에서 만든 검을 내리쳐 보았다.

챙 하는 소리와 함께 보급용 검이 부러져 날아갔다.

"오오! 괜찮네."

내 예상보다도 품질이 더 좋다.

'역시 은악의 대장장이들이라는 건가?'

새로운 공법인 만큼 대장장이들의 숙련도가 떨어지는 것을 고려했는데 말이다.

수십 년간의 경험이 어디 가지는 않은 모양이다.

'이 정도면 충분할 거다.'

검을 개량했다고 한들 일반 무사가 나찰의 피부를 뚫기는 불가능하겠지만 적어도 마수와 상대할 때 무기가 상해 죽는 경우는 없어야 하지 않겠는가?

그때 실험을 보고 있던 이정문이 말했다.

"이 정도면 그 누구도 보급 무기를 은악 제품으로 바꾸는데 반대하지 못할 겁니다."

나라에서 주는 보급품이 있음에도 은악의 검을 가지고 가는 것도 바로 그 이유였다.

광명대가 사용하며 그 품질을 증명해 국군에 납품한다면 군 전체의 전력 상승은 물론 돈도 왕창 벌어들일 수 있을 테니 말이다.

그렇게 돈을 많이 벌면 또 기술을 개발할 수 있고, 개발된 기술로 상권을 독점하면 또 돈을 벌 수 있고, 그렇게 나는 이 세계의 진정한 상인왕으로…….

이상한 야망이 생길 뻔했다.

세상이 멸망하면 돈이 무슨 소용이랴.

나는 흥분을 가라앉히며 말했다.

"현재 몇 명분이 준비된 겁니까?"

"천 명분입니다."

"그럼 수도로 옮기죠. 호위는……."

나는 근처에서 구경 중이던 상혁이를 돌아봤다.

"상혁이와 이준이, 그리고 한영수가 좀 수고해 줘라."

"내가 직접? 다른 그냥 호위대를 보내도……."

"은악을 위한 일이니 당연히 영주인 네가 움직여야지."

"그럼요. 선배."

상혁이는 옆에서 거드는 정이준을 보고는 고개를 끄덕였다.

"그래, 알았다. 한영수. 준비해."

"……하아."

한영수가 한숨과 함께 사라지고 정이준이 내 옆으로 다가왔다.

나는 그런 정이준에게 물었다.

"준비는? 잘 됐어?"

"물론이죠. 많은 지원 감사합니다. 대장님. 덕분에 아주 재밌는 상황을 만들 수 있겠습니다. 킥킥킥."

왜 우리 부대에 삼류 악당이 있는 것만 같지?

난 정이준을 향해 말했다.

"그래, 실수하지 마라."

"제 사전에 실수란 없습니다. 킥킥킥."

그렇게 삼류 악당이 떠나자 민주가 걱정스러운 얼굴로 다가왔다.

"이준이랑 상혁이랑 무슨 일 꾸미는 거야? 넌 알고 있지?"

난 궁금해하는 박민주에게 의미심장하게 웃어 보이며 말했다.

"다 끝나고 말해 줄게."

병장기 수송이 시작되고.

한영수는 호송대 마차에 타서 한상혁에게 말을 걸 기회만을 보고 있었다.

'이서하가 한상혁한테 사과하라고 했었지.'

하지만 아직도 한영수는 상혁에게 사과 비슷한 한마디도 한 적이 없었다.

'아이씨, 수도에 가기 전에 해야 하는데.'

자존심이 허락하지 않았다.

이서하에게 무릎을 꿇을 수 있었던 이유는 그가 다른 세상의 사람이라는 것을 인정했기 때문이었다.

청신이라는 이름.

홍의선인이라는 명예.

신유민의 오른팔이라는 권력까지.

그 어떤 걸 보아도 이서하는 난놈이었다.

그에 반해 한상혁은?

몇 년 전까지만 하더라도 자신이 하인처럼 부려 먹던 놈 아니던가?

자기보다 낮은 위치에 있던 사람에게 무릎을 꿇는 건 쉬운 일이 아니었다.

그렇게 생각할 때였다.

"여기서 야영한다. 불을 지피고 저녁 준비해라."

한영수는 오늘이 기회라고 생각했다.

그나마 보는 눈이 적을 때 사죄를 하는 것이 그래도 쉬울 테니 말이다.

그렇게 다짐한 한영수는 상혁을 향해 다가갔다.
“야, 한상혁. 나랑 얘기 좀…….”
그때였다.
저벅저벅 발소리와 함께 어둠 속에서 괴한이 걸어 나왔다.
상혁은 한영수를 힐끗 보고는 괴한에게로 시선을 돌렸다.
“웬 놈이냐?”
“물건만 놓고 사라지면 목숨은 살려 주겠다.”
한영수는 침을 꼴깍 삼켰다.
수비대의 일원으로 무사들끼리의 전투에는 단 한 번도 참가해 본 적이 없는 그였다.
재빨리 상혁의 옆으로 뛰어간 한영수는 떨리는 목소리로 물었다.
“치안 좋다며! 도적단 다 토벌했다며!”
“없애도 없애도 생기는 게 도적단이잖아.”
상혁은 대수롭지 않은 듯 말한 뒤 쌍검을 빼 들었다.
“너 죽으면 골치 아프니까 내 옆에 붙어 있어라. 습격이다! 모두 전투 준비!”
상혁의 외침과 함께 도적단의 단장이 그를 향해 달려들었고 한영수는 멀찌감치 도망쳤다.
‘괜찮아. 저 새끼 강하잖아. 다 이길 수 있을 거야.’
그렇게 생각하는 것도 잠시.
도적단의 검이 아지랑이처럼 일렁이기 시작했다.

검기(劍氣).

무공을 배운 이들이라는 뜻이었다. 그것도 최소 절정 이상이었다.

“히익!”

상혁과 단장이 붙고 다른 도적단이 한영수에게 달려들었다.

한영수 역시 쌍검을 빼 들고 천뢰쌍검을 펼쳤다.

그러나 사방에서 날아오는 검을 피할 수는 없었고 한영수의 몸에 작은 생채기가 나기 시작했다.

‘이게 무슨…….’

이대로 죽는 것일까?

도적단의 검을 받아치던 한영수는 처음으로 위기감을 느꼈다.

“수레를 지켜!”

멀리서 정이준의 외침이 들려온다.

몇몇 수레에는 불길이 솟아오르고 있었다. 그렇게 한영수의 표정에서 여유가 사라질 때였다.

“크악! 너무 강하군.”

상혁에게 당한 도적단장이 뒤로 물러나며 말했다.

“엄청난 고수가 있다! 도망쳐라!”

끝난 건가?

이렇게 허무하게?

한영수가 허탈하게 서 있자 상혁이 다가오며 말했다.

"괜찮냐?"

"어, 조금 베인 거 말고는 괜찮아. 너는……."

상혁의 몸은 피투성이였다. 대부분 적의 피인 듯싶었으나 처음 보는 참담한 전투에 한영수는 넋이 나갔다.

그때 저 멀리서 정이준이 달려왔다.

"선배! 선배! 괜찮으십니까?"

"괜찮아. 괜찮아. 물 좀 줄래?"

"안 그래도 가지고 왔습니다."

정이준이 호들갑을 떨며 말했다.

"막내도 괜찮나? 네 것도 가져왔다. 마실래?"

"네, 부탁합니다."

한영수는 정이준이 내민 물을 마시고는 인상을 썼다.

입안의 피 때문인지, 아니면 싸우면서 먹은 흙 때문인지 물맛이 이상했다.

그래도 시원한 물을 한 잔 들이켜고 나니 조금은 긴장이 풀렸다.

'체력은 좋아졌다고 생각했는데.'

전투 한 번에 다리가 후들거린다.

왜 상혁이 그렇게 수련, 수련 노래를 불렀는지 알 것만 같다.

그렇게 생각할 때였다.

"머리가……!"

한상혁이 이상한 말을 하더니 풀썩 쓰러졌다.

놀란 정이준은 상혁에게 달려가 말했다.

"선배! 무슨 일입니까?"

"갑.자.기.어.지.러.워."

"……큭."

정이준은 올라오는 무언가를 꾹 참은 뒤 말했다.

"극독(劇毒)이라니!"

그리고는 한상혁의 배를 있는 힘껏 내려쳤다.

"커흑!"

신음이 들린 건 기분 탓이다.

정이준은 그렇게 심적 고통을 인내하며 말했다.

"막내. 너도 다쳤어?"

"그냥 살짝 베인……."

그 순간 머리가 핑 돌았다.

독(毒)이 돌기 시작한 것이었다.

한영수가 당황한 얼굴로 쳐다보자 정이준이 말을 이어 갔다.

"이건 구라독(九癩毒)이라고 하는 거야. 아홉 개의 약물을 섞어 만든 맹독이지. 뇌와 위가 서서히 썩어 가는 극독이라고!"

"그럼……."

"소량만 중독된 거라 한 시진은 버티겠지만 그 이후로는……."

정이준은 이를 악물며 말했다.

"맞아! 해독제. 해독제가 있어."

금세 독의 정체를 눈치챈 것도, 어떻게 해독제를 가지고 다니는지도 모르겠지만 긴박한 상황인 만큼 한영수는 전혀 의심하지 않고 외쳤다.

"어디 있습니까?"

"마지막 수레에 의료품이 있다. 거기 갈색 병이 있을 거야. 그게 해독제다. 가져와!"

"넵!"

그렇게 한영수가 가고 정이준은 한상혁의 배를 내려쳤다.

허둥거리며 수레를 향해 달려간 한영수는 그대로 굳어 버렸다.

마지막 수레가 불타고 있던 것이다.

한영수는 전소되기 전에 수레 안을 살폈다.

"아……."

충격 때문인지 병이 전부 깨진 상태였다.

남은 것이라는 오직 한 병뿐.

그 순간 심각한 두통이 몰려왔다.

'독이 퍼지고 있다.'

한영수는 그렇게 생각했다.

아마 한상혁의 상황도 마찬가지일 것이다.

'해독제를 마시지 않으면 한 시진 이내로 죽는다.'

해독제가 마차에 있는 걸 보아 은악으로 돌아가면 더 구할 수 있을 것이다.

없더라도 제조할 수 있겠지.

이서하는 약선의 제자니까.

하지만 시간 내에 가능할까?

'그냥 내가 먹으면 안 될까?'

내가 먹고 은악으로 달리면…….

'아니야. 난 한 시진 이내에 갈 수 없어.'

이미 은악에서 멀찌감치 떨어진 상태였다.

만약 자신이 해독제를 먹으면 한상혁은 죽을 것이다.

반대로 상혁이 해독제를 먹는다면?

'한상혁이라면 가능하겠지…….'

한 시진 이내에 자신을 업고 은악으로 돌아가는 것이 가능할 것이다.

그런데 혹시라도 실패한다면?

그러면 자신이 죽는 게 아닌가?

'나부터 살아? 아니면 한상혁을 살려?'

자신이 죽을 위험을 감수하며 둘 다 살아남느냐?

아니면 확실하게 혼자만 살아남느냐?

그렇게 생각하는 와중에도 시간은 흐르고 있었다.

이윽고 결정을 내린 한영수는 병을 들고 상혁을 향해 달리기 시작했다.

"가져왔어! 가져왔다고! 한 병 남은 걸 내가 가져왔다고!"

그렇게 절규한 한영수는 해독제를 한상혁의 입에 넣었다.

그렇게 해독제를 전부 마신 상혁은 몸을 일으킨 뒤 고개를 돌렸다.

한영수는 허탈하게 주저앉아 말하기 시작했다.

"해독제가 전부 깨져 있어. 네가 가져와 줘야 해. 안 그러면 나는……."

그리고는 마른세수하며 한상혁에게 매달렸다.

"내가 미안했다. 진짜 미안했다. 생각나는 거, 생각나지 않는 거 다 포함해서 앞으로 속죄하며 사마. 그러니까, 그러니까……."

한영수는 눈물이 흐르는 것을 참으며 말했다.

"나 한 번만 살려 줘라. 망가진 운성 살리고 싶다. 제발 해독제. 해독제를……."

그때였다.

짝짝짝.

누군가 손뼉 치는 소리에 한영수는 고개를 돌렸다.

정이준이 흡족한 얼굴로 손뼉을 치고 있다.

이윽고 사방에서 박수 소리가 들리기 시작했고 도적단 단장을 비롯한 도적 떼가 걸어 나오기 시작했다.

도적단과 정이준이 한영수를 빙 감싸고 축하해 주는 모양새.

"……."

한영수가 넋을 놓고 있자 한상혁이 말했다.

"나 씻어도 되지? 고추장 냄새 너무 심하다."

"그럼요. 그럼요. 연기는 개차반이었지만 그래도 우리 막내가 눈치가 없어서 다행이네요."

정이준은 깔깔거리며 웃었다.

연기? 눈치?

다 무슨 소리인가?

"킥킥킥. 눈물 젖은 고백 잘 들었다. 막내야."

건치를 보이며 엄지손가락을 드는 정이준.

한영수는 나라 잃은 얼굴로 중얼거렸다.

"뭐야? 이게 무슨……."

"뭐긴 뭐야? 사기지."

"……."

그 와중에도 정이준은 성공을 자축하며 말했다.

"수비대장님도 좋았습니다. 덕분에 아주 현실적인 연출을 할 수 있었어요."

"나도 오랜만에 실력자랑 대련하고 좋았다."

도적단장이 복면을 벗고 미소를 지었다.

그 정체는 은악의 수비대장. 주창식이었다.

그제야 상황을 인식한 한영수가 말했다.

"……그럼 독은? 독도 가짜야?"

"당연히 가짜지. 이런 걸로 사람을 죽이겠냐? 너 괜찮으니까 걱정하지 마."

"그럼 왜 머리가 아프고 그런 거야? 독이 아니라며?"

"아, 그거? 네가 마신 게 똥물이라 그래."

"꾸에에엑!"

똥물이었다니.

그냥 썩은 물도 아니고 똥물이라니.

그렇게 속에 있는 모든 것을 게워 내고 있을 때 한상혁이 말했다.

"야, 한영수. 나 너 용서한 거 아니다."

똥물 토하는 중에는 진지한 말을 안 해 줬으면 좋겠다.

하지만 한영수의 의사와는 상관없이 한상혁은 말을 이어 갔다.

"그래도 오늘 보니까 운성 놈 중에는 이제 네가 제일 나은 거 같네. 그러니까 네 말대로 가주가 돼서 운성을 바꿔 봐라. 어떻게 바꾸는지나 보자."

"……걱정하지 마라."

한영수는 애써 입가를 닦으며 말했다.

"운성이 가진 모든 도시를 네 산골 도시보다 더 화려하고 살기 좋게 만들 생각이니까."

상혁은 그런 사촌의 뒤통수를 때리며 말했다.

"똥물도 구분 못 하는 게 무슨……."

"꾸에에에엑!"

속이 뒤집힌 그날.

한영수의 인생도 함께 뒤집혔다.

◆ ◈ ◆

이서하가 은악으로 향하기 며칠 전.

이건하는 홍등가를 찾았다.

한낮이었음에도 홍등가는 화려함과는 거리가 멀었다.

가벼운 옷 위에 천 하나만 걸친 여자들이 곰방대를 물고 대화를 나누고 있었고 험상궂은 무사들이 그 주변을 지키고 있다.

몇몇 취객이 거리에서 잠을 자고 있었고 청소부들만이 밤사이 바닥에 만들어진 파전을 치울 뿐이었다.

사람들은 이 낮의 홍등가를 잿빛 거리라고 불렀다.

화려했던 밤이 지나가고 색 하나 남아 있지 않은 거리라고 말이다.

이건하는 그 홍등가를 가로질러 한 기생방으로 들어갔다.

그곳에는 미형의 남자가 긴 머리를 나풀거리며 서 있다.

"칼같이 맞춰 오셨네요? 이건하 선인님."

"신태민 저하에게 말은 들으셨습니까?"

"물론이죠. 안으로 드시죠."

간단하게 차를 가져온 이주원은 피곤한 눈으로 말했다.

"죄송합니다. 제가 잠을 많이 못 자서."

"……."

이건하는 쓸데없는 잡담을 할 생각이 없었다. 이주원 역시 그런 이건하의 성격을 알기에 바로 본론을 이어 갔다.

"빠르게 강해지고 싶다고요?"

이건하는 고개를 끄덕였다.

이서하의 전투를 본 뒤 이건하는 처음으로 조급함을 느끼기 시작했다.

이미 자신을 넘은 것은 물론 어디까지 비상할지 모르는 상황이었으니 말이다.

'너무 안일했다.'

어느 정도의 경지에 오르고 나서는 스스로 강해지는 것보다 권력을 강화하는 쪽에 더 신경을 쓴 그였다.

아무리 그렇다 하더라도 무사의 매력은 무공의 경지에서 나오는 법.

지금은 이서하가 자신보다 매력적인 무사라는 것을 인정할 수밖에 없었다.

'어쩌면 그런 안일한 생각이 지금의 상황을 만들었을지도.'

하지만 처음 인정하기가 어려울 뿐.

인정만 하고 나면 간단한 문제다.

다시 따라잡으면 그만이니까.

생각을 정리한 이건하는 신태민에게 부탁해 영약이든 보구든, 아니면 마공서라도 얻어 달라고 말했다.

"그런 일은 은월단이 제격이지."

나찰의 정보까지 가지고 있는 은월단이었으니 말이다.

그렇게 예전 일을 회상하던 이건하가 이주원에게 말했다.

"뭐든 상관없습니다. 방법을 찾으셨습니까?"

"방법은 찾았습니다. 이건하 선인님의 마음에 차지 않을 수도 있지만."

"마음에 안 들 것이 있습니까?"

"그렇다면야. 슬슬 올 때가 됐는데. 이분은 약속을 잘 지키지 않아서 말입니다."

그렇게 말할 때였다.

"너희 인간들만 하겠나?"

백야차가 모습을 드러냈다.

허름한 옷에 상처로 가득한 팔뚝. 거친 은발을 하나로 묶은 그는 이건하의 앞으로 가 앉으며 말했다.

"이 인간인가?"

"나찰?"

이건하는 살짝 인상을 찌푸렸다.

예상치 못한 존재가 나타난 것이다.

"설마 이 나찰과 싸우면서 수련해라. 이런 건 아니겠죠?"

고수와 대련하는 것은 분명 도움이 된다.

그러나 이건하가 원하는 것은 빠르고 확실한 방법이지 대련같이 정직하고 느린 것이 아니었다.

"하하하, 그건 아닙니다. 제가 고객이 원하는 걸 이해하지 못할 만큼 바보는 아닙니다. 자세한 설명은 백야차 님이 해주실 겁니다."

그렇게 이주원이 자리를 비키고 백야차만이 남아 이건하를 바라봤다.

"이서하와 같은 혈족이라며?"

"혈족?"

"가문. 인간들의 말로 하면 가문이었지. 맞아."

백야차는 미소를 짓고는 말했다.

"그럼 일어나 볼까? 말로 백번 설명하는 것보다 한 번 보여주는 게 빠르겠지. 시간은 괜찮지?"

"한 달 정도는 빼놓았다. 필요하면 더 뺄 수 있고."

"그래, 그 정도면 감을 잡기에는 충분하겠네."

그리고는 단숨에 지붕 위로 도약하며 말했다.

"빨리 와라. 늦으면 놓고 간다."

이건하는 반신반의하면서 나찰을 따라 이동했다.

두 사람이 이동한 곳은 북대우림의 깊숙한 곳이었다.

그곳에는 붉은 머리의 여성 나찰 유비타, 그리고 무표정하게 불상을 깎고 있는 아카가 대기하고 있었다.

"호오, 이게 그 이서하랑 같은 혈족이란 말이지?"

유비타는 이건하의 주변을 돌다가 말했다.

"동생 죽이려고 한다며? 어머, 잔인해라. 우리도 같은 혈족은 안 건드리는데."

"……."

이건하는 대꾸하지 않았다.

나찰 따위와 굳이 말을 섞을 필요가 없다고 생각한 것이다.

대답이 없는 이건하의 주변을 고양이처럼 빙글빙글 돌던 유비타는 어깨를 으쓱하며 말했다.

"뭐, 어차피 그 새끼는 우리가 죽일 거니 상관없고. 야, 궁금한 게 하나 있는데 말이야……."

유비타는 의미심장하게 말했다.

"나 어떠냐? 인간이 봤을 때. 예쁘지? 이번에 옷도 새로 장만했거든."

나풀거리는 붉은 옷. 홍등가에서 사 온 것이 분명했다.

그렇게 유비타가 빙글빙글 돌고 있을 때 이건하가 말했다.

"그래, 예쁘다."

"정말? 대장! 나 얘 마음에 들어!"

단순한 유비타였다.

"인사 다 했으면 출발한다."

백야차는 고개를 흔들고는 앞으로 튀어 나갔다.

그리고 어느 정도 이동했을 때 백야차가 설명을 시작했다.

"인간, 혹시 마물이 어떤 존재인지는 아나?"

"안다."

오랜 시간 음기에 노출되어 더욱 강해진 마수.

최소한의 지능을 가지고 있으며 수백 년 묵은 마수들은 인간의 말까지 가능하다고 한다.

"직접 본 적은?"

"없다."

오랫동안 원정을 다닌 이건하였으나 직접 마물을 대면한 적은 없었다.

"강한 존재라 토벌하기도 쉽지 않고 토벌하고 나서 뒷정리도 쉽지 않으니 말이야."

"하긴 최소 백 년 이상 살아남은 마물들은 꽤 강하긴 하지. 하지만 말이야. 사실 마물은 이 세상에 꽤 많아."

"많다고?"

"인간은 지능이 있으며, 지역의 마수들을 통제할 수 있는 그런 존재만을 마물이라고 부르지. 하지만 나찰이 정의하는 마물은 좀 달라."

백야차는 발을 멈추며 말했다.

"단전이 생긴 마수. 그것이 우리가 정의하는 마물이다."

단전(丹田).

인간과 나찰이 내공을 담아 두는 그릇이었다.

'확실히 마물은 단전 비슷한 게 있지.'

바로 심장이다.

인간과 나찰은 상단전, 중단전, 그리고 하단전까지 3개의 단전을 가지고 있었지만 마물은 오직 심장 하나만을 단전으로 사용했다.

"봐, 저기 저 마수."

백야차는 특히나 큰 거흑랑(巨黑狼)을 가리키며 말했다.

"작지만 단전이 생긴 존재다. 단전만 생기면 그때부터는 마물이라고 할 수 있지."

"그러니까 특별히 강한 마수도 마물로 친다는 건가?"

"이해가 빠르네. 우린 마물을 총 4개의 단계로 분류한다. 개화(開化), 겁화(劫化), 반야(般若), 그리고 열반(涅槃)이다. 여기서 겁화와 반야의 단계가 너희들이 말하는 마물이다. 말을 못 하면 겁화(劫化), 말을 할 줄 알면 반야(般若)지."

"열반(涅槃)은?"

"서로에게 다행히도 열반(涅槃)은 이 땅에 없다."

백야차는 피식 웃었다.

"그런 마물이 나타나면 인간은 물론 나찰도 바닥에 엎드려야 하니까. 아무튼 배경 설명은 여기까지 하고 이제 강해지는 법을 알려 주마. 잠시 기다려라."

그 말을 끝으로 백야차가 손을 뻗었다.

그러자 개화 단계에 들어선 거흑랑이 백야차를 향해 당겨졌다.

퍽! 하는 소리와 함께 백야차의 손이 거흑랑의 가슴을 꿰뚫는다.

"이렇게 심장을 꺼내서……."

백야차는 심장을 그대로 베어 먹었다. 마물의 심장을 먹는 행위는 나찰에게 있어 흡사 다른 이의 내공을 흡수하는 것과 같다.

그렇게 게걸스럽게 심장을 먹어 치운 백야차는 작게 숨을 내쉬며 말했다.

"음기의 양을 보니 고작 1년 정도밖에 안 된 놈 같네."

아쉬운 듯 중얼거린 백야차는 이건하를 돌아보며 말했다.

"이렇게 흡수를 한 뒤 운기조식을 하면 돼."

"그거 순수한 음기 아닌가?"

"맞아. 그래서 인간은 흡수하기 힘들지. 하지만 똑같잖아. 영약이나 이거나 위험한 건 매한가지지. 다행스러운 건 구하기는 이게 더 쉽다는 거다. 북대우림에는 개화(開化) 수준의 마물이 많으니까. 순수 음기라고 하더라도 양도 많지 않으니 흡수하는 게 어렵지는 않을 거다. 말 나온 김에."

백야차는 하늘 위의 괴조 한 마리를 중심력으로 끌어당긴 뒤 목을 잡아 내려찍었다.

퍽! 하는 소리와 함께 마수의 머리가 터져 나가고 백야차가 심장을 꺼내 이건하에게 내밀었다.

"먹어 봐."

"……."

이건하는 심장을 받자마자 바로 입에 넣었다.

'거부감이 들 만도 한데.'

인간은 날것을 먹는 것에 거부감을 느낀다. 그것이 손질조차 되지 않은 마물의 심장이라면 더욱 그럴 것이다.

하지만 이건하는 표정 하나 변하지 않았다.

'뒤틀려 있군.'

처음부터 이건하가 뒤틀려 있다는 것쯤은 눈치챌 수 있었다.

'미치지 않을 수 있을까?'

백야차가 그렇게 생각하는 사이 이건하는 심장을 전부 먹어 삼켰다.

이윽고 그의 몸에 음기가 피어오르기 시작했다.

"그 녀석은 3년쯤 된 거 같네."

이건하에게 백야차의 말은 들리지 않았다.

온갖 저주의 말이 그의 뇌를 희롱한다. 겹쳐지고 겹쳐진 비난은 귀신의 속삭임과도 같다.

하지만 이윽고 음기가 완벽하게 흡수되었고 이건하는 아무렇지 않은 듯 눈을 떴다.

"이러면 된 건가?"

백야차는 고개를 끄덕이고는 말했다.

"더 할 수 있겠어?"

"이 정도 후유증이면 아무렇지 않다."

"그럼 네가 먹을 건 네가 사냥해. 나도 바쁜 몸이라. 유비타. 같이 다니면서 도와줘라. 혼자 있으면 마수들이 달려들 테니까."

"좋아. 그래도 마음에 들어서 도와준다. 인간."

이건하는 유비타의 뒤를 따랐다.

그 순간에도 그의 귀에는 저주의 말이 들려왔다.

하지만 상관없다.

'이게 음기 폭주인가?'

이건하는 대수롭지 않게 귀를 파고는 생각했다.

'별거 없네.'

여전히 그의 감정에 흔들림은 없었다.

은악에서 돌아오고 순식간에 시간은 지나 겨울이 찾아왔다.

'경진년도 이렇게 끝나는구나.'

아직 마지막 일정이 남아 있긴 하지만 그래도 잘 넘어갔다.

나는 내리는 눈을 바라보다 연무장으로 시선을 돌렸다.

"그렇게 움직이는 거 아니라고 몇 번을 말해! 100번 더 반복해라."

"후우, 미안하다."

"입 닥치고 빨리 반복해."

상혁의 외침에 한영수가 고개를 끄덕이고는 검을 휘둘렀다.

한영수를 도와주기로 한 그날부터 상혁이의 특훈이 시작되었다.

아무리 대리 무사를 내세울 수 있다고 하더라도 한영수가 스스로 자격을 증명하는 것이 운성을 장악하기 좋을 테니 말이다.

"수련 강도가 엄청나네요."

정이준은 몸을 떨며 말했다.

"복수하시는 건가?"

"상혁이가 그럴 사람으로 보이냐?"

저 호구는 자기 나름대로 열심히 하고 있을 뿐이다. 누가 보면 괴롭히는 거 같겠지만 놀랍도록 체계적인 수련을 하고 있었으니 말이다.

'이건하는 아직도 돌아오지 않았군.'

은악에서 돌아온 날.

나는 서아라에게서 이건하가 수련을 떠났다는 말을 들을 수 있었다.

"네가 싸우는 모습에 경각심이라도 생겼나 보지."

어디서 폐관 수련이라도 하는 걸까?

재능은 있는 사람이니 꽤 강해져서 돌아올 것이 분명했다.

'어쩔 수 없지. 내가 더 강해지는 수밖에.'

그나저나 광명대의 편제가 늦어진다.

무사가 없는 것이다.

청신도, 계명도, 신평도 무사를 지원해 달라고 요청했었으니 말이다.

아무래도 내년 초까지는 소대로 남아 있어야 할 것만 같다.

즉 할 일이 없다는 말이다.

나는 여유가 생긴 김에 아린이에게 극양신공을 가르쳐 주었다.

원래는 가르쳐 줄 생각이 없었다.

아린이 성격에 극양신공을 가르쳐 주면 남용할 것이 분명했고 또한 그녀의 체질을 개선하는 데도 그리 효과적이지 않기 때문이었다.

'극양신공을 사용하면 기본적으로 심장에 무리가 가니까.'

극양신공은 기본적으로 심장에 무리를 준다.

아린이가 극양신공으로 음양의 균형을 이루기 위해서는 매일 음기를 양기로 바꿔야 하는데 그랬다가는 그녀의 몸이 버티지 못할 것이다.

하지만 이번 요령성의 일로 그 생각이 바뀌었다.

'같은 일이 벌어져도 극양신공이 조금은 더 시간을 벌어 줄 거야.'

대신 한 가지 조건을 걸었다.

꼭 음기 폭주를 억누를 수 없을 때만 사용하기로 말이다.

부동심법 덕분에 내 말이라면 뭐든 따르는 아린이였기에 가능한 일이었다.

'상혁이도 알려 주면 좋겠지만…….'

저놈은 뒷감당 생각도 안 하고 몸을 불사르겠지. 강적이 나타나면 천우진 때의 나처럼 모든 것을 태우고 죽어 버릴 수도 있다.

'그럴 수는 없지.'

요절하는 건 나 하나로 충분하다.

그리고 기다리던 소식이 들려왔다.

"한영수 무사님 계십니까?"

딱 봐도 운성에서 나온 사람이 물었고 나는 턱으로 연무장을 구르는 한영수를 가리켰다.

"저기."

"감사합니다."

그리고 편지를 받아 본 한영수는 긴장한 듯 거친 입김을 뿜어내며 나를 바라봤다.

"드디어 가는구나."

운성(運城) 정복에 나설 시간이 되었다.

〈12권에 계속〉

북두
2021년 3월 10일
1, 2권 동시 출간 예정!
※출판 일정에 따라 출간일은 변경될 수 있습니다.
무림에 떨어진
청루연 신무협 장편소설
현대인
빽소니로 요절했던 죽음의 기억이 강렬한데,
'……내가 조휘?'
다 쓰러져 가는 조가철방의 차남이 되었다.
날아가는 새를 떨어뜨릴 권세도,
의지를 관철시킬 무력도 없다.
일가족을 몰살시킬 어마어마한 빚만 있을 뿐.
허나 그 누구도 경험하지 못했을
비장의 한 수가 남아 있으니.
"아버지, 조가철방을 물려주십시오."
문명의 이기를 총동원한 현대인의
중원무림 성공기가 지금 시작된다.
2 무림에 떨어진 현대인
1 무림에 떨어진 현대인